# Le chant des licornes

**Rachel Roberts** aime la magie, la musique, l'aventure et les animaux. Elle vit sous le soleil de la Californie du Sud avec ses deux chats, Attila et Raider.
Rachel lit depuis qu'elle a l'âge de tenir un livre et adore s'abandonner dans une bonne histoire. Elle est relectrice et auteure depuis le début de sa vie professionnelle. Elle joue aussi du piano, de la flûte et apprend la guitare.
*Les magiciennes d'Avalon* est sa première série de romans.

Illustration de couverture : Julia Blattman
Suivi éditorial : Céline Potard
Titre original : *Avalon, Web of Magic, Song of the Unicorns*

Dépôt légal : septembre 2021
ISBN : 978-2-7470-9793-2

Loi n° 49-956 du 16 juillet 1949
sur les publications destinées à la jeunesse.

Rachel Roberts

La cité de Cristal

# Le chant des licornes

Traduit de l'anglais (États-Unis)
par Maud Ortalda

bayard jeunesse

Un soleil rouge sang se levait sur l'océan de brouillard tourbillonnant. Deux centaures, mi-hommes, mi-chevaux, se tenaient au bord de la falaise. Le premier, Eliath, s'ébroua pour débarrasser son corps de l'humidité tenace et regarda vers le nord, puis vers le sud.

Le fier centaure leva l'amulette d'argent pendue à son cou. L'objet projetait une toile lumineuse au-dessus du ravin. Une ligne d'étoiles brillantes parcourait ses filaments.

– Le saut aurait dû être facile, se plaignait l'autre centaure, Corinth. Direct de Palenmarth à Dalriada. Nous n'avons rien à faire ici.

– J'aurais tendance à être de ton avis, si seulement je savais où nous sommes.

Eliath examina attentivement la carte féerique, les points de lumière se reflétaient dans ses grands yeux.

– Je pense que nous avons atterri quelque part dans le quadrant nord-est, à la périphérie du réseau.

– Alors c'est qu'un passage s'est refermé même pas à mi-chemin de notre trajet, conclut Corinth, qui suivait des yeux l'endroit qu'indiquait son ami.

La succession de passages qu'ils auraient dû suivre contournait le centre du réseau pour se diriger vers le nord-ouest. Au lieu de cela, ils semblaient s'être retrouvés près d'un coin inexploré, tout à côté d'un royaume où vibraient des ondes inquiétantes.

– C'est si proche de l'Autremonde. C'est bien le dernier endroit où nous voulions aller !

Près de leur position, une lumière brillait vivement. Cela signifiait qu'un passage se trouvait non loin, or l'unique moyen d'y parvenir était de traverser cette gorge.

– Il y a un autre passage au bout, observa Eliath.

– On ne peut pas se fier à la carte, fit Corinth en agitant nerveusement la queue. La magie est trop instable sur le réseau.

Eliath opina du chef. Les deux centaures connaissaient les risques qu'ils encouraient en utilisant la carte féerique en ce moment. La magie se déchaînait sans contrôle sur tout le réseau, fermant des passages ouverts depuis des siècles et en créant de nouveaux pas encore identifiés. Et maintenant qu'ils avaient été déviés de leur trajectoire, ils se retrouvaient bloqués.

– Tu oublies l'importance de notre mission, insista Eliath avec un signe de tête vers le chariot qu'ils traînaient derrière eux.

Des plaintes s'en échappaient, résonnant dans ce lieu désolé.

– Je n'ai pas oublié, répondit Corinth en scrutant la gorge. Tu es sûr qu'il y a un pont ici ?

Eliath rassembla la sphère lumineuse en un unique rayon brillant. Celui-ci révéla un chemin de dalles plates qui se dessinait par-dessus le ravin et disparaissait au loin dans le brouillard.

– C'est là ! s'exclama Corinth. La Croisée du Démon.

Les grandes pierres flottaient, instables, au rythme silencieux d'une magie ancienne.

– Sommes-nous sûrs que ce pont va bien jusqu'à l'autre côté ? demanda Eliath.

Son compagnon frappa le sol de ses sabots afin de se réchauffer un peu. Puis il jeta un coup d'œil au chariot couvert, derrière lui, et déclara :

– Nous n'avons pas le choix. Nous ne pouvons pas faire demi-tour.

Les centaures avaient été choisis pour mener cette cargaison à destination, leur mission ne devait pas échouer.

– Alors allons-y, conclut Eliath.

Avec un soupir, Corinth réajusta sur ses épaules les cordages de cuir qui lui servaient à tracter le chariot.

Les deux centaures s'approchèrent prudemment du bord de la falaise et s'engagèrent sur le pont flottant. Il était solide.

Eliath hocha la tête : le pont ancien supporterait leur poids ainsi que celui de leur charge. Ils se mirent en marche.

Le brouillard qui tournoyait comme de la fumée sur les dalles les empêchait presque de voir leurs sabots.

– Qu'est-ce que c'était ? demanda Corinth avec un frisson, les yeux rivés sur le vide sans fond.

– Rien. Il n'y a que la brume, répondit Eliath.

Mais la peur rampait dans son échine.

– Je te jure. Quelque chose bouge là-dedans, insista Corinth.

Il avait raison. Dans l'immensité nuageuse,

une forme sombre se mouvait, non, *nageait* parmi les volutes.

– Continuons ! ordonna Eliath.

Leurs fers dérapaient sur les pierres humides. Le chariot fit une embardée et des hurlements aigus s'en élevèrent.

– Silence ! souffla Corinth.

Les centaures progressaient rapidement tandis que le chariot évitait de justesse les bords du pont et la chute périlleuse dans le néant.

Soudain, Corinth eut un violent mouvement de recul et manqua de glisser. Eliath se débarrassa des rênes pour se précipiter à l'arrière du chariot : l'une des roues était prise dans une profonde crevasse creusée par des siècles de vents glaciaux.

Le centaure poussa le véhicule. Une fois de plus, des cris apeurés en sortirent.

– Tire, Corinth ! cria-t-il. Plus fort !

Une masse sombre passa au-dessus du pont.

Le chariot avança.

Le souffle court, Eliath retourna à l'avant, et s'arrêta net.

– Corinth ?

Les rênes arrachées flottaient au vent. Corinth avait disparu.

Renâclant, Eliath essaya de ne pas céder à la panique. Il rattacha rapidement les rênes à son harnais, et tira.

Des formes noires fourmillaient alentour, fendant le brouillard à une vitesse terrifiante. Un éclair perça soudain le haut du chariot depuis l'intérieur, faisant voler le bois en éclats.

– Non ! s'écria Eliath par-dessus son épaule. Vous allez aggraver la situation !

Mais c'était trop tard. Comme des requins attirés par le sang frais, d'immenses bêtes noires émergèrent de la brume. Elles étaient beaucoup trop nombreuses pour Eliath.

Des profondeurs du ravin, un aileron fendit la surface tel un rasoir, droit sur le centaure.

Au prix d'un effort surhumain, Eliath tira le chariot.

Des étincelles jaillirent alors que les plaintes venant de la carriole se transformaient en hurlements de panique.

Eliath arracha l'amulette d'argent de son cou et utilisa sa lumière pour tisser un bouclier.

La créature monstrueuse sortit du néant, gueule ouverte, révélant des rangées de longs crocs noirs. Elle manqua le chariot de quelques centimètres, s'écrasa contre le bouclier et explosa en furieuses volutes de brume.

Eliath tirait de toutes ses forces en essayant de prévoir d'où viendrait l'attaque suivante.

Il apercevait à présent l'autre côté de la gorge !

Mais il s'immobilisa. Dans le soleil pourpre, une silhouette se dressait au bout du pont, qui lui bloquait le passage. L'armure noire, casquée, avança. Dans sa main, le chevalier brandissait une lance surmontée d'une pierre verte, menaçante.

Eliath dégaina son épée dont le fil tranchant était parcouru d'une ancienne magie elfique.

Le chevalier maléfique leva son sceptre et fit jaillir des éclairs verdâtres.

Un monstre de brouillard sortit de la gorge et planta ses crocs dans le bois du chariot. D'un seul geste de la tête il arracha les roues arrière. Le véhicule bascula et glissa tout au bord du pont.

Eliath lança l'amulette. Le bouclier scintillant s'agrandit pour envelopper le chariot.

Mais soudain, le centaure sentit une poigne d'acier se refermer autour de son cou.

Il se débattit violemment, frappant son assaillant de ses sabots arrière, en vain. Le chevalier était trop fort. Avec un dernier cri, le courageux centaure fut projeté dans le vide.

Le chariot se balançait dans un équilibre précaire au bord du gouffre.

La main en armure du chevalier ne saisit que de la brume quand le wagon finit par tomber à son tour dans le néant.

Un cercle de lumière aveuglante se forma dans les nuages.

Dans une dernière explosion, le halo disparut, emportant avec lui les hurlements terrifiés.

# 1

Le hurlement du loup de brume résonna dans la salle d'examen de la clinique vétérinaire de Stonehill. Le docteur Carolyn Fletcher esquiva la queue battante du louveteau et tendit la seringue à Emily, sa fille de quatorze ans. Le loup s'agitait en grognant.

– Rêveur, tiens-toi bien ! gronda Adriane.

La jeune fille aux cheveux noirs faisait tout son possible pour maintenir le louveteau en place.

Adriane entretenait un lien spécial avec l'animal, elle était sa sœur de meute. Il plongea son regard émeraude dans les yeux sombres de la guerrière. L'image d'une longue aiguille flotta dans son esprit.

– Je sais, mais c'est pour ton bien, le rassura-t-elle.

– C'est presque fini, dit le docteur Fletcher en passant les mains sur sa fourrure brillante.

Rêveur se tortilla dans tous les sens.

– Emily, aide Adriane à le poser sur la balance.

Emily jeta la seringue et passa les bras autour de Rêveur.

– Tout doux, Rêveur, ça ne fait pas mal, c'est promis.

La pierre de guérison arc-en-ciel à son bracelet d'argent s'éveilla d'une douce lueur bleue tandis qu'elle communiquait des ondes de calme au louveteau. Puis les filles le posèrent sur la balance.

– Ne joue pas au gros bébé, lui murmura doucement Adriane.

– « Gros » c'est le cas de le dire, intervint le docteur Fletcher.

– Déjà treize kilos ? s'étonna Emily en écarquillant ses yeux noisette. Il n'a que trois mois.

– Passe-moi sa courbe de croissance, Doc, demanda le docteur Fletcher à sa fille.

Une petite patte poilue poussa le dossier vers la main tendue de Carolyn.

Emily s'empara de la courbe en fusillant du regard le furet au pelage mordoré qui se tenait sur un tabouret derrière sa mère.

*C'était pour rendre service.*

Ozzie souriait, la patte fièrement posée sur la pierre dorée attachée à un collier de cuir. Si la plupart des gens le prenaient pour un petit furet malin, Ozzie était en réalité un elfe. Il avait été envoyé sur Terre sous cette forme par les Magimentaires, gardiens d'Aldenmor, le monde d'où il venait. Depuis qu'il avait reçu sa pierre magique de la part des Magimentaires en récompense de son courage, il l'utilisait sans répit pour bavarder par télépathie avec ses amies, qui en possédaient elles aussi.

– Vu toutes les gourmandises pour chiots qui ont été *mystérieusement* commandées en ligne, reprit Carolyn en jetant un coup d'œil suspicieux à sa fille, on se demande comment il n'a pas encore atteint son poids adulte.

– Commandées en ligne ?

Emily fusilla Ozzie du regard.

*Mais ils avaient des bouchées au bœuf* et *au foie*, protesta le furet.

– Il faudra faire un rappel à Rêveur dans six mois, déclara la vétérinaire à Adriane. Il est en parfaite santé, c'est un animal magnifique.

Adriane sourit.

– Tu entends ça ? demanda-t-elle en rattachant la laisse noir et turquoise qu'elle avait fabriquée pour aller avec le bracelet à son poignet.

– Il va peser plus de cinquante kilos, poursuivit Carolyn, l'air soucieux. Le loup noir n'est pas une espèce native de la Pennsylvanie. Et je n'ai jamais vu d'animal comme lui jusque-là.

Adriane écarta ses longs cheveux de son visage.

Le docteur Fletcher avait raison, et bien plus qu'elle ne le croyait. Ce loup n'avait rien d'ordinaire. Rêveur était un loup de brume, originaire du monde magique d'Aldenmor. Il n'avait plus rien de l'orphelin hirsute et apeuré qu'il était quand Adriane, Emily et leur amie Kara l'avaient trouvé. Grâce aux soins d'Adriane, sa fourrure noire luisait à présent comme du velours sur son corps musclé. Ses yeux vert foncé, autrefois craintifs, brillaient maintenant comme deux fières émeraudes. Une tache blanche en forme d'étoile scintillait à sa poitrine et il avait les pattes blanches, comme s'il courait sur des nuages.

– Adriane l'a bien dressé, fit remarquer Emily.

– Même avec le meilleur dressage, Rêveur reste un animal sauvage, et il va falloir, à un moment, le confier à des spécialistes, pour sa propre sécurité autant que pour la vôtre, leur expliqua sa mère.

Comme pour confirmer ses dires, Rêveur tenta soudain de s'échapper, faisant crisser ses griffes contre le métal de la balance. Adriane le rattrapa.

– Vous avez fait un excellent travail à Ravenswood toutes les deux, mais surveiller les animaux pour le conseil municipal est mon boulot. On ne sait toujours pas ce qu'il est advenu de Tonnerre, reprit le docteur Fletcher.

Emily aperçut une étincelle jaillir furtivement de la pierre de loup dorée d'Adriane, et ressentit en même temps une douleur perçante. Tonnerre était la magnifique louve de brume argentée qui s'était liée à Adriane. Lors de la bataille contre la Magicienne des Ténèbres, la sorcière mi-animal mi-humaine, la bête s'était sacrifiée pour sauver tous les autres loups de brume d'Aldenmor. La douleur d'avoir perdu sa première sœur de meute était encore vive chez Adriane, et Emily craignait constamment que son amie ne garde trop de souffrance en elle.

– Quant à toi ! reprit Carolyn en attrapant Ozzie pour le déposer sur la balance. Tu as pris plus de cent cinquante grammes en moins d'un mois !

– Hiii-hiii.

– Je te mets au régime sec !

– Arg !

Emily couvrit rapidement la bouche du furet afin de l'empêcher de protester.

– Maman, c'est ta faute, tu lui donnes des lasagnes, dit-elle en touchant le ventre rond d'Ozzie.

*Des lasagnes ! Il m'en faut plus !*

– À partir de maintenant, ce sera lasagnes allégées, conclut Carolyn en lui tapotant la tête. C'est qui le plus mignon furet du monde ?

Ozzie se désigna, ce qui fit éclater de rire Carolyn.

Emily soupira.

– Ah, Emily, reprit sa mère d'un ton plus sérieux. Il faut que tu rappelles ton père pour vous arranger pour les vacances d'hiver.

– Oui, je sais, marmonna Emily en laissant ses boucles retomber sur son visage.

Son père lui avait proposé de passer les vacances au Nouveau-Mexique, avec sa nouvelle femme. Emily avait essayé de ne pas y penser jusqu'à maintenant.

– Allez, viens, lança Adriane en enfilant sa veste. On a des animaux affamés à nourrir, qui n'ont pas la chance de ce furet grassouillet.

*Hé !* protesta Ozzie. *C'est de moi qu'on parle ?*

La neige qui brillait sous le soleil de midi faisait plisser les yeux à Emily sur le chemin du sanctuaire aux oiseaux d'Owl Creek, l'un de ses endroits préférés de la réserve de Ravenswood. Elle observait les flocons d'une blancheur de diamant dériver entre les troncs épais des érables et des chênes. Au loin, les rangées de pins verts bordaient les rives gelées de la rivière Chitakaway.

Cependant, le réconfort que lui procurait d'ordinaire ce lieu n'était pas très efficace aujourd'hui. Elle en voulait à son père d'avoir épousé une femme qu'elle ne connaissait même pas. Mais il n'y avait pas que ça. Emily et ses deux amies, Adriane et Kara, étaient des magiciennes, mais alors qu'elles étaient jeunes et inexpérimentées, de lourdes responsabilités pesaient sur leurs épaules. Emily était une guérisseuse, Adriane une guerrière, et Kara une étoile filante.

Lors de leur bataille contre la Sorcière, les magiciennes avaient libéré la magie d'Avalon, le lieu où se cachait la source de toute la magie. Cela faisait maintenant des semaines qu'elles n'avaient eu aucune nouvelle de leurs amis sur Aldenmor. Le passage vers ce monde, situé dans la prairie de Ravenswood, semblait avoir tout bonnement disparu, ne laissant place qu'à leurs interrogations.

Que signifiait réellement être une magicienne ? Combien de temps allaient-elles pouvoir garder le secret ? Que devaient-elles faire maintenant ?

– Hé, les lambins, par ici ! appela Adriane.

Elle était en train de soulever un sac dans l'abri de bois, l'une des nombreuses mangeoires dispersées dans toute la réserve. Déjà, plusieurs oiseaux, des paons, ainsi qu'un cerf s'étaient rassemblés afin d'attendre les jeunes gardiennes.

Le courage et la force d'Adriane fascinaient Emily. Une guérisseuse ne pouvait réparer les choses qu'une fois qu'elles étaient brisées. Elle aurait voulu pouvoir agir avant, être une guerrière comme son amie.

– Vous savez qu'il fait vingt degrés au Nouveau-Mexique, aujourd'hui ? demanda Ozzie, lové tout au fond de la poche d'anorak d'Emily.

– Elle est peut-être sympa, dit Adriane en distribuant la nourriture.

– Je la déteste ! lança Emily sans réfléchir. Ils sont partis en douce tous les deux, ils ne m'ont même pas invitée au mariage.

– Ils ne voulaient sûrement pas en faire tout un foin, supposa Adriane.

– Et puis j'ai déjà une maman ! Je n'ai vraiment pas besoin d'une *belle-mère* qui me donne des ordres.

Adriane ne répondit rien car Rêveur venait de lui envoyer l'image mentale d'un buisson et d'une paire de grandes oreilles.

Elle fronça les sourcils.

– Tu es un loup de brume, pas un chien. Si tu veux me dire quelque chose, tu peux parler.

*Lapin !* dit Rêveur avec impatience.

– Nous sommes dans une réserve animalière. Tu ne peux pas manger les lapins !

– Sois patiente avec lui, conseilla Emily, oubliant immédiatement ses propres problèmes.

– J'ai essayé ! Ta mère a raison, Rêveur devient de plus en plus sauvage. Tonnerre ne s'est jamais comportée comme ça.

Emily eut de la peine pour son amie. Le lien entre elle et Tonnerre était bien plus profond qu'elles ne l'avaient toutes imaginé. C'était ainsi avec les animaux magiques. Une fois qu'on se liait à eux, une réelle amitié s'installait qui durait toute la vie.

En réponse au désarroi de sa sœur de meute, Rêveur bondit en grognant sur le chemin pour disperser tous les animaux.

– Rêveur, non ! cria Adriane. Ils ne me font pas de mal !

Emily tenta d'apaiser les créatures effrayées pendant qu'Adriane calmait Rêveur.

Le loup de brume s'assit et projeta l'image d'une seringue de vétérinaire, comme si un médicament pouvait aider Adriane.

– Ce n'est pas la même chose, essaya-t-elle d'expliquer en s'agenouillant pour le caresser. Parfois, on souffre à l'intérieur.

Rêveur lui lécha le visage.

– Merci, oui, ça va mieux, dit Adriane en se levant. Si j'avais été une guérisseuse comme toi, Emily, j'aurais peut-être pu la sauver.

Emily lui prit les mains. La lumière bleue de sa pierre se mélangea aux étincelles de celle d'Adriane pour renforcer leur lien.

– Houhou !

Au-dessus d'elles, une chouette blanche fondait droit sur Emily. Cette dernière tendit le bras et l'oiseau aux ailes veinées d'or, de turquoise et de lavande effectua un atterrissage parfait.

– Que se passe-t-il, Ariel ?

*Venez vite. Étoile filante hors de contrôle.*

– Mais je l'ai laissée à la bibliothèque, s'étonna Ozzie. Elle n'a pas pu faire beaucoup de dégâts en si peu de temps.

# 2

— Arg !

Ozzie plongea pour éviter un objet qui alla s'écraser contre le mur. La bibliothèque de Ravenswood était le théâtre d'un tourbillon de livres volant dans toutes les directions. Quand Adriane et Emily ouvrirent la porte en grand, le furet fut projeté dans les airs.

Rêveur se précipita à l'intérieur pour attraper un carnet au vol. Il secoua furieusement la tête, les pages s'éparpillèrent autour de lui tels des flocons de neige.

– Rêveur, non !

Adriane évita de justesse un gros serre-livres en forme de dragon. Elle leva le bras pour faire jaillir la magie de sa pierre et former un bouclier contre la myriade d'objets volants.

Sous la table de lecture en chêne, Lyra, la féline tachetée, se blottissait contre le pégase appelé Balthazar. La féline avait déployé ses ailes dorées dont elle couvrait Ronif et Rasha, deux coinfles qui ressemblaient à des canards.

– Attention magicienne folle, les avertit Balthazar en tapant un livre avec sa queue.

– Nous sommes sauvés ! s'exclama Ronif en sortant la tête de sous l'aile de Lyra.

Sa compagne le rattrapa pour l'empêcher d'être soulevé du sol par les forces magiques.

– Kara ! cria Emily en protégeant son visage du furet qui passait devant elle en hurlant.

– Là-haut ! répondit une voix.

Protégée par le bouclier d'Adriane, Emily avança sous le mobile céleste accroché à la voûte du plafond. Soleils, lunes et planètes se balançaient en cercles.

La vaste bibliothèque occupait plusieurs étages du Manoir de Ravenswood. En haut de la plus haute des étagères était assise une jeune fille blonde dont la pierre cristalline, accrochée à son cou, projetait des étincelles frénétiques.

– Comment es-tu montée là-haut ? demanda Emily.

Kara désigna la grande échelle roulante qui

approchait dangereusement et à toute vitesse des magiciennes.

Adriane transforma le bouclier en corde afin de l'attraper et de l'arrêter à la hauteur de Kara.

– Merci, Indiana Jones.

Kara descendit gracieusement sans lâcher le livre qu'elle tenait et sans faire attention au chaos qui régnait dans la pièce.

– Kara !

– Oui ?

Elle leva la tête en clignant de ses yeux bleus étincelants.

De concert, ses amies pointèrent le doigt vers le désordre magique.

– Ah, ça.

Kara ferma les yeux et saisit sa pierre de licorne. Les objets volants retombèrent tous en tas par terre. Avec un jappement, Rêveur plongea sous la table, dispersant les animaux qui s'y réfugiaient comme un jeu de quilles. Le livre auquel Ozzie s'était accroché dérapa sur la table et envoya le furet directement sur le canapé.

– Fascinant, commenta Kara, qui lisait joyeusement son livre. Vous saviez que les amulettes et les talismans dataient des hommes préhistoriques ?

– Un singe n'aurait pas pu mettre un pire désordre, répliqua Adriane, furieuse.

Kara leva les yeux au ciel.

*Une amulette de protection ne me serait pas inutile*, se plaignit Lyra en s'étirant.

Kara lui tira la langue, qui se colora en vert l'espace d'une seconde. Elle avait absorbé ses nouveaux pouvoirs de change-forme en vainquant un Skultum, l'un des serviteurs de la Magicienne des Ténèbres, à un jeu de dupes.

– On est censées s'entraîner ensemble, la réprimanda Adriane. C'est toujours le grand n'importe quoi quand tu utilises la magie !

– Oh, ce n'est rien. Je vais arranger ça en deux minutes, répondit Kara en levant de nouveau sa pierre.

– Non ! crièrent tous les autres en chœur.

– Comme vous voudrez.

Kara s'affala dans un fauteuil pour lire son livre.

– Kara, tu dois faire attention avec ta pierre, tu le sais, la sermonna Emily. On n'a aucune idée de ce dont elle est capable.

– Et comment je suis censée le découvrir si je ne l'utilise pas ?

– Elle est très puissante, ça se voit, donc on devrait

tous être là quand tu t'en sers... juste au cas où, d'accord ?

– D'accord, d'accord.

Kara n'était pas la seule à avoir reçu une pierre magique récemment. Ozzie trottina jusqu'à un fauteuil de cuir et ouvrit à l'aide de la sienne un panneau secret dans le mur, révélant l'ordinateur de la bibliothèque. La machine contenait toutes sortes d'informations sur la magie, ainsi que leur site web et leurs blogs. Ozzie se mit à tapoter sur le clavier.

– Alors, pourquoi vous faites cette tête d'enterrement ? demanda Kara.

– Emily doit décider si elle va au Nouveau-Mexique ou non, répondit Adriane.

– Tu ne vas pas éviter cette femme pour toujours, tu sais, dit Kara à Emily. Elle va finir par croire que tu t'en fiches.

– Ce que je pense n'a pas beaucoup l'air de la préoccuper, apparemment, rétorqua Emily. Je ne vais pas tout laisser tomber et traverser le pays juste pour la rencontrer.

– Ton père n'y va pas ? demanda Kara, malicieuse.

– Très drôle ! Mais oui, j'ai vraiment envie de le voir.

– Alors vas-y.

– Ce n'est pas si simple.

– Bien sûr que si. En un mot : ce n'est pas la fin du monde.

– Ça ne nous aide pas du tout, Miss Parfaite, intervint Adriane.

Kara transforma ses doigts en longues griffes et son visage devint celui d'une affreuse banshee rabougrie.

– Continue comme ça, Princesse, rigola Adriane. Peut-être que tes traits vont finir par rester figés.

Les yeux écarquillés, Kara reprit sa forme humaine et se précipita vers le miroir pour se rassurer.

– Je l'ai trouvé, Emily ! appela Ozzie. L'Hôtel des Quatre Vents, situé au soleil de Carlsbad, dans l'État du Nouveau-Mexique.

Emily et Adriane s'approchèrent pour jeter un œil à l'écran par-dessus la tête du furet.

– Waouh, regardez-moi ces photos du désert ! s'exclama Adriane en cliquant sur les liens. Et il y a un haras juste à côté. Ce serait génial de monter à cheval une semaine entière !

– Si tu trouves ça si bien, tu n'as qu'à y aller, marmonna Emily.

Une idée lui traversa l'esprit.

– Hé, tu devrais venir avec moi !

– Je ne sais pas trop, répondit Adriane. Comment je ferais pour payer ?

– Je vais demander à mon père. Je suis sûre qu'il pourra s'en charger.

– Et notre travail ici ?

– Balthazar, Ronif et moi, on va s'en occuper, intervint Rasha.

– D'accord, mais pour Rêveur ?

– Il est encore assez petit pour entrer dans une cage de transport. S'il te plaîîît, Adriane ! Il faut que tu viennes. Je n'y vais pas sans toi, insista Emily.

Adriane réfléchit un instant avant de se tourner vers Kara.

– Et toi, Boucle d'Or ?

– Envoyez-moi une carte postale. Il ne reste que deux semaines avant le bal de la Saint-Valentin ! Je dois contacter le groupe, superviser les décorations, trouver la robe parfaite, aller chez le coiffeur, la manucure, la pédicure, la...

– C'est compris, coupa Emily en cliquant sur un nouveau lien. On ira au spa sans toi.

Kara ouvrit de grands yeux.

– Un spa ? Quel spa ?

Elle lâcha son livre et bondit pour s'incruster entre ses amies devant l'écran.

– « L'Hôtel des Quatre Vents abrite un spa bien-être de renommée mondiale », lut-elle avec enthousiasme. « Masques au miel, enveloppement d'algues, bains de boue, massages faciaux ! » Je viens.

– Et ton bal, alors ? demanda Adriane.

– Après une semaine aux Quatre Vents, je serai forcément la plus belle pour aller danser !

– Des randonnées dans la nature, des excursions dans le désert, des balades à cheval... ils proposent tout ! s'exclama Adriane.

– On va tellement s'amuser ! couina Kara.

– Je n'en reviens pas, dit Adriane.

– De quoi ?

– Ça doit être la première fois que nous tombons d'accord sur quelque chose.

Elles se tapèrent dans la main en riant.

Devant les expressions extatiques de ses amies, Emily eut un doute.

– Les filles, et les... vous savez, dit-elle en levant sa pierre arc-en-ciel. S'ils ont besoin de nous à Aldenmor ?

– On n'a aucune idée de ce qui se passe à Aldenmor ! protesta Kara. On a fait ce qu'on avait à faire, c'est au tour des Magimentaires de travailler. Il est temps de retourner à nos vies normales, ajouta-t-elle en agitant un long doigt violet.

– Normales, hein ? fit Adriane, sceptique.

– Oups ! Mais de toute façon, les Magimentaires savent se retrouver quand il y a une urgence.

Lyra se frotta contre Emily.

*Je monterai la garde pendant votre absence.*

Emily comprit que ses amies avaient raison. Tant que le passage de Ravenswood serait fermé, elles ne pouvaient rien faire pour les Magimentaires.

Il faudrait qu'elle rencontre la nouvelle femme de son père tôt ou tard, et mieux valait qu'elle ait ses amies à ses côtés.

– D'accord, déclara-t-elle. Je vais prévenir mon père.

– Attendez ! s'écria Ozzie, le nez collé contre l'écran. Il paraît que le Nouveau-Mexique est « la terre de l'enchantement ». Vous croyez qu'il y a des sorciers là-bas ?

– Ce n'est qu'un surnom, gros bêta, s'esclaffa Emily.

– La seule chose à craindre là-bas, ce sont les extraterrestres, indiqua Adriane en désignant le lien vers le site de Roswell.

– Des extraterrestres ? répéta Ozzie en déglutissant.

– Ce ne sont que des histoires, Ozzie, le rassura Kara, comme les dragons, les trolls, et, euh, bon d'accord, ceux-là on les a vus...

Ozzie scruta les filles tour à tour en plissant les yeux.

– J'ai l'impression curieuse que nous allons vivre une drôle d'aventure.

# 3

*Au secours !*

*Aïe !*

*Il fait noir là-dedans.*

*Hé ! Tu marches sur ma queue !*

*Où on est ?*

*Beurk... cette odeur !*

Une cacophonie de bruits et de voix résonnait dans la tête d'Emily. Elle ferma les yeux pour tenter de les distinguer. On aurait dit une transmission magique, mais qui pouvait bien l'appeler ici, au Nouveau-Mexique ?

Elle sortit de l'immense grange rouge alors qu'une foule de touristes ravis y entrait. Le haras était composé de nombreuses écuries, d'enclos, d'aires de pique-nique et de bâtiments dispersés sur plusieurs kilomètres de désert. La main en visière, Emily scruta l'Hôtel des Quatre Vents, à trois cents mètres sur une route poussiéreuse. Le complexe hôtelier se détachait comme une oasis de verre et d'acier, bordé de jardins de plantes grasses, de fontaines et de piscines scintillantes.

Rêveur et Adriane couraient sur la route qui menait au ranch. Le loup, fou de joie d'être enfin à l'air libre, reniflait et explorait tout ce qu'il croisait.

– Je n'entends toujours rien, dit Ozzie les yeux fermés, agrippé à sa pierre magique dans le sac à dos d'Emily. Ça ressemble à quel genre de son ?

– C'est bizarre, un peu comme une radio brouillée.

Dès que leur avion avait atterri, elle avait commencé à les percevoir : des bouts de bruits qui ricochaient dans son esprit.

Grâce à la magie de sa pierre de guérison, ses sens s'amélioraient constamment. Pour le moment, ces émotions étaient encore impalpables, comme un vague souvenir d'une mélodie résonnant dans le désert.

– Je n'arrive pas à calmer Rêveur. Tu peux m'aider ? demanda Adriane en s'approchant avec le loup qui mâchonnait sa laisse.

Emily s'agenouilla pour lui caresser la tête. À son contact, Rêveur s'apaisa immédiatement en la regardant dans les yeux. Des couleurs vives envahirent l'esprit de la jeune fille.

– Tu le sens aussi, hein ? demanda-t-elle au loup de brume.

*Magie*, gronda-t-il doucement.

– De la magie ? Ici ? s'étonna Adriane. Tu es sûr ?

Rêveur opina. Il était un excellent pisteur de magie, et Adriane avait travaillé dur pour l'aider à aiguiser ses talents.

– Je crois qu'il y a un animal en danger, déclara Emily, soucieuse.

Adriane jeta un œil à sa pierre de loup.

– Moi je ne sens aucun danger.

– Allez, les cowboys, on se rassemble ! tonna une grosse voix à l'intérieur de la grange.

– Tu as trouvé ton père ? demanda Adriane.

– Non, pas encore.

Emily était presque soulagée que son père soit en retard. Il lui fallait un peu de temps avant de rencontrer sa belle-mère.

– Viens, on va rater le discours de bienvenue.

Le trio entra dans la fraîcheur de la grange. Environ vingt-cinq personnes, adultes, ados et enfants, étaient rassemblées au centre. Kara bavardait avec une femme aux cheveux noirs qui portait une jupe longue à l'air coûteux, un chemisier de soie et une veste.

On aurait dit deux vieilles amies.

« C'est du Kara tout craché, songea Emily. Se faire copine dès son arrivée avec une mannequin sortie d'un magazine de mode. »

Au milieu de la grange se tenait un homme grand et costaud en tenue complète de cowboy, chapeau, bottes, cravate texane et gros ceinturon de cuivre orné d'un cheval cabré.

– Allez, tous ensemble ! Yiiihaaaa !

Le groupe poussa un cri faiblard.

– Ça c'est un « yiha » de petits citadins. Nous ce qu'on veut c'est un « yiihaaa » du Texas !

La foule cria plus fort. Rêveur rejeta la tête en arrière et hurla, faisant sursauter tout le monde.

– Rêveur ! souffla Adriane, qui se débattait pour lui démêler sa laisse.

– Beaucoup mieux. Moi, c'est Texas Slim. Et je vous souhaite la bienvenue au ranch des Joyeux Sabots. Cette semaine, vous allez vivre comme les vrais cowboys. On va monter à cheval, explorer le désert, faire des barbecues...

*Fiiiz*

*Poussez-vous !*

Emily regarda tout autour d'elle.

– Ozzie, tu as entendu ça ?

– Non, cette satanée pierre ne sert à rien, chuchota Ozzie.

Emily s'écarta de la foule afin d'essayer de mieux percevoir les étranges sons. Elle dépassa une rangée de box où étaient entreposées des selles lustrées et des brides accrochées aux murs. Soudain, une image de carotte lui traversa l'esprit. D'où cela pouvait-il venir ? Elle regarda le box le plus proche. Une jument tachetée noir et blanc la regardait.

Elle lui caressa le museau en écoutant le discours de Texas Slim d'une oreille distraite.

– Certains d'entre vous viennent dans le Sud-Ouest pour la première fois. Ici, c'est le plus bel endroit du monde, mais on a un vieux dicton dans le coin qui dit que tout ce qu'il y a dans le désert va essayer de vous mordre, de vous piquer ou de vous griffer, et parfois en même temps...

Emily gratta l'oreille douce de la jument.

– Désolée de ne pas avoir de carottes à te donner.

– Comment tu sais que c'est ce que préfère Domino ?

Une jolie ado en short avec des cheveux bruns et des yeux noirs sortit du box voisin. Elle referma rapidement la porte en bois pour éviter que le cheval blanc et marron, à l'intérieur, ne la suive.

– Je m'appelle Sierra Sanchez.

La fille sortit une carotte de la poche de son blouson en daim et la tendit à Emily.

– Salut, moi c'est Emily Fletcher, répondit la guérisseuse en saisissant le légume avec un sourire.

– Tu viens de la réserve de Ravenswood, constata Sierra pendant que Domino dévorait la carotte.

– Oui, comment tu le sais ?

– Ravenswood est *tellement* cool. Je connais ton site ! Quand j'ai vu ton nom sur la liste, j'ai sauté de joie. On a beaucoup en commun. Je suis guide ici.

– Mes copines Adriane et Kara sont là aussi, dit Emily. Avec Ozzie.

Le furet se pencha vers Sierra en désignant son museau.

– Il est adorable !

*Et affamé !*

– C'est un magnifique paint horse, ajouta rapidement Emily en caressant la tête de Domino avec un regard sévère à Ozzie.

– Tu t'y connais en chevaux, approuva Sierra en cherchant une autre carotte. Je monte des paint depuis toujours, surtout ce hongre-là. Il s'appelle Apache...

Les mots de Sierra s'évanouirent autour d'Emily. Solitude, peur et confusion envahirent son esprit.

Des émotions si familières... D'où pouvaient-elles venir ?

– ... très beau bracelet. Ça va ? demanda Sierra.

– Oui, je suis juste un peu fatiguée à cause du décalage horaire.

Emily sourit faiblement en couvrant sous sa manche sa pierre qui luisait.

*Emily, à douze heures*, dit la voix d'Adriane dans sa tête.

Un homme lui faisait signe depuis le seuil de la grange.

– Excuse-moi, Sierra, j'aperçois mon père.

Oubliant tout le reste, elle s'élança... et s'arrêta net. Ce n'était pas à elle qu'il faisait signe.

*Oh non !* La femme qui discutait avec Kara adressa un geste de la main à son père.

Horrifiée, Emily le regarda s'approcher de la femme pour l'embrasser. Elle était toujours immobile quand Kara tendit le bras vers elle.

Les yeux de David Fletcher, si semblables à ceux d'Emily, s'écarquillèrent quand il aperçut sa fille.

– Em !

Il se précipita pour la prendre dans ses bras et la serrer fort contre lui, comme avant.

– Papa ! s'écria Emily, les larmes aux yeux.

– Ma chérie, tu as tellement grandi.

Il s'écarta pour la regarder, les yeux mouillés également.

– Tu es tellement belle !

Emily sourit, mal assurée, en essayant d'aplatir ses boucles acajou indisciplinées. Il la serra à nouveau contre lui. Sa présence si familière la réconfortait et lui serra le cœur.

– Toi aussi tu es beau, Papa.

C'était vrai. Il avait minci, ses cheveux bouclés bien coupés encadraient son visage au regard aimable et aux épais sourcils.

– Arg ! s'exclama Ozzie, qui était coincé entre Emily et son père.

– Oh, désolé petit ! fit David en lui tapotant la tête. Ce doit être Ozzie. Un peu plus rondouillard que je ne l'aurais cru.

Vexé, le furet couvrit son ventre de ses pattes.

– Tu as raté le discours d'accueil, dit Emily.

– Désolé, Em. J'ai dû nous enregistrer à l'hôtel et faire monter les bagages, expliqua-t-il en souriant à la jeune fille brune qui les avait rejoints. Tu dois être Adriane. J'ai tellement entendu parler de toi que c'est comme si tu faisais partie de la famille.

– Merci, répondit-elle, rayonnante. Voici Rêveur.

– Salut toi.

David se pencha pour caresser le louveteau.

Emily vit la femme brune réajuster sa veste en daim et s'approcher. Elle avança en passant une main parfaitement manucurée dans ses cheveux flottants.

– Emily, je te présente Veronica, commença David.

– Emily, ma chérie !

Veronica la serra contre elle avant de l'observer comme on détaille un meuble. Son sourire révélait une dentition parfaite et blanche, encadrée par des lèvres rouges.

– Ton papa m'a tellement parlé de toi.

– Salut, marmonna Emily.

Elle sentit les yeux de Veronica la scruter, de sa chevelure bouclée à son jean et sa chemise en jean.

Elle fut prise d'un drôle d'étourdissement.

– Em, ça va ? demanda son père.

– Oui, je suis juste un peu fatiguée à cause du voyage.

– Je viens d'avoir une conversation très intéressante avec ta copine Kara. Cette jeune fille est fantastique !

La peau pâle de Veronica semblait beaucoup trop blanche pour être réelle.

Emily hocha la tête en silence devant Kara, qui affichait un énorme sourire.

– J'a-dore ces bottes, Veronica ! dit l'étoile filante en admirant les chaussures en daim beige. Où est-ce que tu les as achetées ?

– À Paris, ma chérie, répondit Veronica avec un clin d'œil. C'est l'un des grands avantages d'être galeriste. Les galeries d'art que je représente m'envoient en Europe plusieurs fois dans l'année.

– C'est trop cool ! Hein, Em ?

Emily parvint à lui adresser un vague sourire. Si seulement elle pouvait se réveiller de ce cauchemar ! Rêveur renifla Veronica avec curiosité. Cette dernière fronça les sourcils en écartant sa truffe de son sac.

– Hé les filles, devinez quoi ! s'exclama David. J'ai réussi à réserver un chalet rien que pour vous trois.

– Un chalet ! s'écria Adriane.

– Un *chalet* ? gémit Kara. On n'est pas logées à l'hôtel ?

– Veronica et moi, si. Mais on a pensé que vous vous amuseriez plus au haras. C'est génial, non ?

– Cool ! Merci monsieur Fletcher, dit Adriane.

– Yiii-haa, fit Kara, moqueuse.

Veronica sortit un bout de papier de son sac.

– Emily, j'ai un pass pour le spa pour toi. Je me suis dit qu'on pouvait passer un peu de temps toutes les deux à se relaxer dans un bain de boue.

« Un bain de boue ! Mais quelle horreur », songea Emily, abasourdie.

– Je ne suis pas trop fan de spa, articula-t-elle entre ses dents serrées. Mais ça plairait à Kara.

Kara en salivait presque.

– Bon, eh bien si Emily n'a pas envie, tu peux venir à sa place, Kara.

– Yiiihaaa ! s'écria Kara.

– Alors, comment ça va aujourd'hui ? demanda Texas Slim en s'approchant du groupe avec un grand sourire, Sierra à ses côtés.

Veronica trébucha sur Rêveur.

– C'est un sacré chien que vous avez là.

– C'est un dingo, intervint rapidement Kara avec un regard en coin à Adriane.

– Votre fille a déjà rencontré ma nièce, Sierra, dit Texas à David et à sa nouvelle femme. C'est la meilleure cowgirl des quatre États.

Sierra haussa les sourcils à la vue de l'énorme « dingo ».

– Moi c'est Kara, et j'adore ton pendentif. Le turquoise, c'est toujours tellement cool.

– Un accessoire parfait qui convient à n'importe quelle tenue, ajouta Veronica en souriant à Kara.

Emily jeta un œil à la belle pierre précieuse au cou de Sierra. Pourquoi ne l'avait-elle pas remarquée plus tôt ?

– Merci. Elle est dans la famille depuis des générations. Les vôtres sont super aussi.

Kara montra fièrement sa pierre de licorne.

– Je l'ai trouvée quelque part au-delà d'un arc-en-ciel...

La pierre magique émit soudain une lueur de diamant. Surprise, Kara sursauta.

– Kara, mais où as-tu déniché un accessoire aussi tendance ? gloussa Veronica. J'adore !

Emily baissa les yeux sur le jean de Kara : sa ceinture venait de se transformer en boa de plumes roses.

– Moi, j'ai jamais rien compris à la mode, fit Texas Slim en secouant la tête.

– Euh, ça vient de sortir, expliqua Kara. Des ceintures qui changent au gré des envies. Ils sont encore en train d'en régler le fonctionnement.

Sierra plissa les yeux, soupçonneuse.

– Bon, écoutez tous, annonça Texas Slim en levant son chapeau. Je m'occupe de la randonnée jusqu'à Arrow Rocks, au sud de l'hôtel, et Sierra mène une balade à cheval jusqu'à Echo Ridge, un peu plus au nord. Il y a beaucoup de belles choses à voir, alors décidez-vous et c'est parti.

– Emily, viens avec moi, supplia Sierra. Domino sera super contente.

– C'est d'accord alors.

– Génial, à tout à l'heure ! déclara Sierra en retournant vers les écuries.

– Nous, on va voir l'hôtel. On dîne à six heures, annonça David. J'ai été ravi de toutes vous rencontrer. Amusez-vous bien !

Veronica passa la main autour du bras de David pour l'éloigner.

– Ta belle-mère est géniale ! s'exclama Kara. Quoi ?

Adriane lui lança un regard noir.

– Qu'est-ce que tu fabriques ?

Kara ferma les yeux et rendit à sa ceinture son apparence d'origine.

– Je n'ai rien fait du tout.

– Contrôle ta magie. On a un problème, là.

– Je sais, il est hors de question que je dorme dans une cabane en rondins.

– Je parlais d'Emily.

Kara remarqua enfin le visage tordu de stress de son amie.

– Emily, qu'est-ce qu'il y a ?

– Un animal magique est en danger, je crois.

Kara regarda autour d'elle. Elle avait vécu assez d'expériences avec les magiciennes pour faire confiance à l'intuition d'Emily sur les animaux et la magie.

– Ici ?

Rêveur aboya comme pour approuver et leur envoya une image du désert.

– Quelque part là-bas, dit Emily.

– Qu'est-ce qu'on fait ?

– Bon, rassemblez-vous, ordonna Adriane.

Les trois magiciennes se penchèrent pour que leurs têtes se touchent. Ozzie se faufila entre elles avec Rêveur.

– Voilà ce qu'on va faire, dit la guerrière. Moi, j'irai avec Texas Slim en randonnée et Rêveur essaiera de pister. Tu es prêt ?

Rêveur aboya.

– C'est bien. Emily, toi tu accompagneras Sierra afin de quadriller la zone. Si tu trouves quelque chose, tu nous préviendras immédiatement.

Kara serra le pass qu'elle avait en main comme si c'était une pierre magique.

– Et *moi* je vais quadriller le spa !

– D'accord. Mais personne ne s'approche de quoi que ce soit d'inhabituel sans les autres. C'est compris ?

– Yiha ! s'exclama Kara.

Les trois magiciennes joignirent leurs mains, petite patte de furet par-dessus et truffe humide de loup en dessous.

– Et plus de magie, Cendrillon, ordonna Adriane à Kara.

– D'accord, d'accord.

– Ne t'inquiète pas, Emily, dit Ozzie. On va trouver cet animal.

– Je sais, Ozzie, murmura Emily.

C'était précisément ce qu'elle redoutait.

# 4

Le groupe de huit cavaliers s'émerveillait devant le désert baigné de soleil qui s'étalait à l'horizon. Au-dessus de leurs têtes, l'azur brillant contrastait avec le panorama de teintes douces, jaune, brun, vert et argent.

Ils s'étaient arrêtés au point de vue pour admirer le paysage digne d'une carte postale.

– On est à Guadalupe Mountain, dit Sierra en désignant la chaîne de montagnes de bronze qui s'élevaient comme des tours majestueuses. Au milieu du désert du Chihuahua. Ça a l'air asséché comme ça, mais quand on sait où regarder, il y a de la vie partout.

Comme pour répondre à ses paroles, un petit troupeau de cailles bavardes se dispersa entre les cactus alentour.

– Tout doux, murmura Emily en tapotant le cou de Domino.

La jument, qui sentait la nervosité de la guérisseuse, s'agitait. Il y avait bien quelque chose de louche dans l'air, par ici. Même la pierre d'Ozzie réagissait en envoyant frénétiquement des éclats dorés. Assis sur la selle devant Emily, une patte en visière, l'autre sur sa pierre, le furet surveillait la lande.

Sierra allait de cavalier en cavalier pour assister les débutants.

Bien qu'Emily ne soit plus montée à cheval depuis des années, Domino semblait lui faciliter la tâche. Les yeux fermés, elle prit une grande inspiration. L'air sec et doux du désert, l'odeur du cuir, le mouvement des muscles de sa monture emplirent son esprit.

*J'ai faim !*

*J'ai peur !*

*Ça me gratte.*

*Ça me gratte encore plus !*

Surprise, elle se tourna vers le canyon qui s'étendait sur plus d'un kilomètre à l'est de leur point de vue.

– Ozzie ?

Le furet tourna sa pierre vers les parois. Elle se mit à briller plus intensément.

– Oui, c'est par là, c'est sûr.

– Je vais essayer de contacter la créature.

– D'accord !

Il rapprocha sa pierre de celle d'Emily.

*Bonjour. Vous m'entendez ?*

*Pouët ?*

*Je m'appelle Emily. Je suis une magicienne guérisseuse.*

*Fiiiiz !*

*Bloup-fouuuut !*

*Paouuuu !*

Des bruits assourdissants lui envahirent la tête. Elle se boucha les oreilles.

– Emily, ça va ?

Sierra arrêta Apache à sa hauteur.

– Euh, oui, ça va. C'est quoi ce canyon, là-bas ?

– C'est Pecos Canyon. Il fait partie des grottes de Carlsbad qu'on trouve tout le long des montagnes. Elles sont très connues pour leur profondeur. Il ne faut pas y entrer sans être accompagné d'un spéléologue expérimenté. On pourrait y errer des jours sans jamais trouver la sortie.

Emily jeta un coup d'œil inquiet au canyon.

– Tu vas sûrement me prendre pour une folle, mais je crois qu'il y a un animal en danger là-dedans.

Sierra ouvrit de grands yeux.

– Comment tu le sais ?

– J'ai une drôle d'impression, expliqua Emily sans vouloir trop en révéler.

Au lieu de la questionner, Sierra rassembla les autres.

– Tout le monde reste là. Je vais vérifier quelque chose avec Emily.

Ravis de pouvoir reposer un peu leurs fessiers endoloris, les cavaliers accueillirent l'ordre avec soulagement.

Apache souffla et se lança au galop.

Domino le suivit en laissant Emily s'habituer à la vitesse avant d'accélérer. Elles bougeaient toutes deux en parfaite harmonie.

Les deux chevaux soulevaient la poussière en dévalant la piste. Ils trouvèrent bientôt l'entrée du canyon.

– Attends ! lança Sierra en freinant Apache.

Du sable brun et rouge tapissait l'entrée du canyon entourée de hautes parois striées. Des arbustes bas aux branches blanchâtres décorées de petites feuilles vertes s'accrochaient au terrain rocailleux.

– On va faire un aller-retour rapide, déclara Sierra.

– Merci, répondit Emily en laissant Domino ouvrir la marche.

– Tu as toujours eu ce don avec les animaux ? demanda Sierra.

– J'ai grandi avec eux. Ma mère est vétérinaire.

– Ah, tout s'explique. Je n'ai jamais vu Domino aussi attachée à un cavalier.

– Elle est géniale, Sierra. Je l'adore, dit Emily en tapotant le cou du cheval.

Domino sembla ravie.

– Avant que je quitte le Mexique pour venir habiter avec l'oncle Tex, mon grand-père m'a donné cette pierre, expliqua Sierra en triturant son pendentif. Selon lui, elle a des pouvoirs spéciaux que je suis la seule à être capable d'utiliser.

À cet instant, Emily aurait juré que la pierre turquoise pulsait. C'était sûrement un reflet du soleil.

– Emily, poursuivit Sierra, je voulais te demander... pour vos pierres.

La guérisseuse se raidit.

– Tes copines en ont aussi. Même Ozzie. J'ai lu sur votre site que parfois les pierres peuvent avoir certaines... propriétés.

– Oui, c'est vrai. Elles canalisent différentes sortes d'énergie.

– Parfois, la mienne m'aide à voir, à ressentir les choses... différemment. Je peux sentir des choses dans le désert.

L'attention de Sierra se tourna vers une dune qui s'élevait au milieu du canyon.

– Qu'est-ce que c'est que ça, Sierra ? demanda Emily, les yeux sur l'étrange monticule.

– Je n'en ai aucune idée. Mais ce n'était pas là la semaine dernière.

*Emily, regarde*, fit Ozzie en montrant le sol.

Des éclats de bois jonchaient le sable jusqu'au mystérieux monticule.

Ils s'aperçurent que c'étaient les restes d'un genre de calèche. Elle était de la taille d'un bus, retournée, à moitié enfoncée dans le sable. L'essieu arrière était cassé et une des roues complètement réduite en miettes. Il y avait un grand trou béant sur une des ailes du véhicule.

Sierra freina Apache et bondit à terre, suivie d'Emily et d'Ozzie.

Un courant d'air fit craquer l'unique roue du véhicule encore en état, qui se mit à tourner lentement dans le vide.

– C’est un chariot, mais je n’en ai jamais vu de pareil, constata Sierra.

Le bois était gravé de motifs délicats et décoré par endroits de pierres lisses.

Emily jeta un coup d’œil dans le trou.

– C’est vide. Il n’y a rien à l’intérieur.

Mais en y regardant de plus près, elle découvrit de profondes entailles dans le bois : des marques de dents. Quand elle passa ses doigts dessus elle ressentit un froid intérieur malgré le grand soleil de cet après-midi. La créature responsable de ces marques devait être énorme.

– Et il n’y a aucune trace, remarqua Sierra en levant le bras. C’est comme si cette chose était tombée du ciel.

*Emily, viens voir ça !*

Ozzie creusait le sable à l’avant du wagon.

Il déterra un morceau de bois poli orné d’une plaque de cuivre gravée de symboles.

*Ça ressemble aux armoiries d’une académie ou d’une école.*

*Tu veux dire que ça pourrait être une espèce de bus scolaire ?* demanda Emily.

*Oui, je crois.*

*Mais quel genre d'élèves pouvait-il transporter ?*

*Magicienne ? Tu es là ?*

*Chut ! Tais-toi ! Comment on peut être sûrs qu'il s'agit d'une magicienne et pas une créature maléfique ?*

*Oooo, c'est vrai.*

*Donne-moi ça.*

*Hé ! C'est mon dernier rayon de soleil !*

La magie frappa Emily comme un coup de poing. Elle haleta, les yeux rivés à la paroi du canyon devant elle. Plusieurs ouvertures de grottes perçaient sa base. La magie provenait de l'une d'entre elles. Plus de doute, elle avait déjà ressenti cette puissance quand son amie Lorelei était en danger : c'était de la magie de licorne. Mais comment était-ce possible ?

*Ozzie, on dirait de la magie de licorne.*

*Des licornes ? Tu es sûre ?*

*Oui. Je crois qu'il y en a là-dedans... et je crois qu'elles sont en danger.*

Les licornes étaient les créatures les plus puissantes de toutes... mais aussi les plus convoitées par ceux qui voulaient s'emparer de la magie. Les filles avaient déjà combattu ces êtres maléfiques auparavant, tiré la licorne Lorelei des griffes de la Magicienne des Ténèbres et sauvé la pierre de Kara.

– Il faut qu'on rejoigne les autres et qu'on rentre, déclara Sierra en observant le ciel. Une tempête de sable approche, une grosse tempête. Si tu as senti la présence d'un animal ici, c'est sûrement un lynx qui s'est égaré ou un puma. Ils ont tendance à faire pas mal de raffut.

Les chevaux raclaient nerveusement le sol, sentant, eux aussi, un danger approcher.

– Allons-y, Emily ! cria Sierra en remontant sur Apache.

*Suis-la*, dit Ozzie. *Moi, je vais aller voir dans la grotte la plus proche si j'aperçois quelque chose.*

Emily hésita. Elle ne pouvait pas risquer de révéler quoi que ce soit de plus à Sierra.

*C'est d'accord. Cinq minutes, et sois prudent !*

Le furet s'éloigna à toute vitesse et disparut dans le désert.

# 5

Ozzie avançait à l'entrée d'une grande caverne, collé à la paroi rocailleuse. Des petits cactus aux feuilles épineuses en forme de pagaie poussaient en massifs. Le furet jetait des regards furtifs de tous les côtés, à la recherche du moindre élément louche.

Soudain, il bondit et se retourna d'un coup.

– Aïe !

Grimaçant, il retira les épines de cactus de son derrière duveteux.

Une bourrasque souffla à travers le canyon, charriant des cailloux et du sable.

Ozzie se protégea les yeux.

Un tourbillon se forma tout au bout du canyon. Ozzie cligna des paupières : était-ce un mirage ? Mais non, ça semblait bien réel.

La spirale enfla et des couleurs apparurent, comme un arc-en-ciel qui se tordait sur lui-même. Il toucha le sol du désert et s'avança comme une tornade. Le furet resta abasourdi. Chaque endroit que le tourbillon percutait semblait fondre à son contact. Plusieurs cactus se transformèrent en flaques.

Le phénomène se dirigea vers le chariot retourné. L'épave sembla se transformer en glace bleu et blanc !

Puis elle prit la direction d'Ozzie.

– Arg !

Le furet plongea pour se cacher derrière un rocher. À quelques centimètres de sa tête, une autre grosse pierre se changea en masse informe.

Un instant plus tard, le tourbillon disparut et les éclats de magie multicolore se dissipèrent comme de la brume.

Ozzie posa une patte sur sa pierre.

– Emily ! Allô, Emily !

*Je suis là, Ozzie*, répondit la magicienne. *Tu as trouvé quelque chose ?*

– Si j'ai trouvé quelque chose ? On a de la chance que je sois encore un furet ! Un tourbillon de magie bizarre vient de faire fondre des cactus, des rochers et le chariot sous mes yeux. Il a failli m'avoir !

*Ralentis ! De quoi tu parles ? Du vent ?*

– Pour être tout à fait exact, c'était une transformation élémentaire des forces paramagiques, intervint une nouvelle voix.

– Gaaah ! Des aliens ! hurla Ozzie. Emily, préviens les autres, je vais...

Emily avait presque atteint la pente qui remontait du canyon quand la voix d'Ozzie disparut.

– Ozzie ? Ozzie ? cria-t-elle, paniquée.

Pas de réponse. Le cœur battant la chamade, elle se tourna vers le canyon.

– Sierra ! Ozzie s'est échappé. Il faut que j'aille le chercher.

– D'accord, mais fais vite. Je vais regrouper les autres et on se retrouve ici. Et quoi qu'il arrive, n'entre pas dans les cavernes ! ajouta-t-elle par-dessus son épaule.

– D'accord, je serai prudente, promit Emily.

Domino, qui avait senti l'urgence, s'élança au galop en direction du canyon. La peur parcourait les veines d'Emily. S'il était arrivé quelque chose à Ozzie, elle ne savait pas ce qu'elle ferait.

– Rends-moi ma pierre ou tu ne reverras jamais ton vaisseau spatial, vermine !

Emily pivota vers l'endroit d'où provenait la voix du petit furet. Ozzie sautillait sur ce qui semblait être un tas de brindilles.

– Ozzie ! Qu'est-ce que tu fabriques ?

– Je l'interroge, répondit-il en désignant les brindilles. Cet extraterrestre m'a attaqué !

Emily observa l'amas d'herbes sèches et de broussailles.

– Attends un peu...

Les débris s'élevèrent soudain en tourbillon chancelant.

Dans un bruissement, ils prirent une nouvelle forme. Celle, légèrement plus petite qu'Ozzie, d'un petit bonhomme fait de brindilles accrochées miraculeusement les unes aux autres. Il avait une boule de feuilles de sauge gris-vert en guise de torse et une autre pour la tête. Ses yeux, deux quartz scintillants, observaient Emily avec curiosité. Autour de son cou était attachée une petite pierre bleue pendue à une chaîne tressée d'herbes du désert.

– Ce voleur m'a pris ma pierre ! s'écria Ozzie.

– Tu es un Magimentaire ! dit Emily, interloquée.

– Pourquoi je devrais... hein ?

Les Magimentaires étaient des créatures magiques, puissantes et mystérieuses qui protégeaient la magie du monde d'Aldenmor. Entièrement constitués de magie élémentaire, ils tiraient leur apparence physique de l'eau, du feu, de la terre et de l'air. Celui-ci était un Magimentaire de la terre.

Il regarda la pierre arc-en-ciel d'Emily.

– Tu es la guérisseuse ?

– Oui.

– Oh, fantastique. J'ai trouvé ce ratibus qui se faisait passer pour un mage... est-ce que ceci t'appartient ?

Une branche grêle lui tendit la pierre dorée.

– C'est la pierre de furet d'Ozzie.

– Donne-moi ça, toi !

Ozzie s'empara de la pierre pour la rattacher à son collier.

– J'ai déjà rencontré les Magimentaires, et ils ne m'ont jamais volé mes affaires, *eux*. Qu'est-ce qui prouve que tu en es un ?

– Je suis un M.E., et je m'appelle Tweek, répondit la créature.

– Qu'est-ce que c'est, un M.E. ? demanda Emily.

– Un Magimentaire Expérimental. Je suis le tout premier de mon espèce. Les Magimentaires m'ont fabriqué dans leur laboratoire.

– Hein ? Un laboratoire ? questionna Ozzie.

– Dans le temps, c'était un endroit appelé la Terre des Ombres, mais aujourd'hui c'est une réserve magique et un centre de recherche appelé Le Jardin. J'ai été conçu pour pouvoir rester sur Terre durant de longues périodes.

Les Magimentaires étaient déjà venus voir Emily, Adriane et Kara par le passé, mais leur magie particulière ne leur permettait de rester dans ce monde que quelques minutes, parfois même quelques secondes, avant de se désintégrer.

– Que fais-tu ici ? l'interrogea Emily.

– J'ai matérialisé mes dérivés élémentaires à Ravenswood, mais j'ai été attaqué par une meute de brimbees, alors j'ai dû localiser vos pierres, trouver un moyen de...

– Arg ! s'énerva Ozzie.

– Que fais-tu *ici* ? répéta Emily.

– On m'a envoyé à la recherche des magiciennes. Toi, tu n'en es pas une, ajouta Tweek en posant ses yeux de quartz sur Ozzie.

– Si, je suis le mage pelucheux ! fit Ozzie en croisant les pattes.

– J'ai un message très important ! s'écria Tweek en agitant les bras si fort que quelques brindilles volèrent.

– Que se passe-t-il ? demanda Emily, inquiète.

– Il s'est produit quelque chose de terrible ! Avalon a perdu sa magie.

Ozzie posa les deux pattes sur sa tête.

– Hein ?

– Tu peux nous en dire plus, Tweek ?

Le M.E. frémit, faisant tomber des feuilles sur le sol.

– C'est ma première mission, dit-il en ramassant des morceaux de lui-même par terre. Je n'ai peut-être pas tout bien compris, mais je sais que je dois retrouver la... AAAAH !

La magicienne et le mage furet regardèrent le M.E.

– Derrière vous ! C'est un...

*Bang !* Tweek explosa en un nuage de branchages.

Emily fit volte-face. Sa pierre émettait des lueurs d'avertissements cramoisies.

Quatre tornades atterrissaient au bout du canyon. Le sol du désert ondulait comme s'il était soudain devenu liquide.

Domino hennit en tapant ses sabots par terre, prête à déguerpir.

– Fuyons ! cria Ozzie.

Attrapant le furet au vol, Emily sauta en selle et le cheval s'élança. Il fallait prévenir Adriane et Kara. Ce phénomène n'avait rien d'une tempête de sable ordinaire.

– Allez, Domino !

La jument galopa à une vitesse démentielle, slalomant autour du premier tourbillon qui s'écrasa contre des rochers et les fit fondre en une informe masse noire. Un autre engloutit plusieurs cactus, qui se liquéfièrent. Emily se penchait vers la gauche quand Domino se précipita entre deux tornades qui foncèrent droit sur elles et les manquèrent de quelques centimètres. Des ondes de magie noire tournoyaient autour d'Emily. Elle étouffa un cri. La nature était en train d'être tordue, déformée et reformée dans un état qui n'avait plus rien de naturel. La guérisseuse pria pour que Domino parvienne à semer les quatre bourrasques.

En quelques secondes, ils se retrouvèrent en sécurité hors du canyon.

Derrière eux, un immense aileron dentelé s'éleva et disparut sous le sable.

# 6

*– Emily.*

*Emily entra dans le salon de sa maison. Des rayons de lumière fantomatiques dansaient sur ce qui avait été jadis des canapés, des fauteuils et qui maintenant ressemblait à des blocs de glace noire informes. Du coin de l'œil, elle perçut un mouvement. Des araignées grouillaient sur les murs.*

*Dans la pièce, Carolyn regardait sa fille.*

*– Ta nouvelle mère est venue te voir.*

*Une grande femme se tenait face à la cheminée, sa longue chevelure noire tombant dans son dos. Elle se retourna lentement et Emily poussa un hurlement muet.*

*La peau de porcelaine de la femme avait la même couleur que l'éclair blanc qui striait ses cheveux noir de jais. Ses yeux, deux fentes animales, brillaient d'une lueur féroce.*

*– Nous sommes de la même famille à présent, ma chère, dit la Magicienne des Ténèbres avec un rictus en faisant signe à Emily d'approcher d'un geste de sa griffe argentée.*

*Des crocs de vampire apparurent au bord de ses lèvres fines quand la sorcière entraîna Emily dans l'obscurité...*

– Emily ? Tu es là ?

Emily ouvrit les yeux et découvrit deux nez, un duveteux et un humide, collés à son visage.

Rêveur lui donna un coup de langue tandis qu'Ozzie relâchait une boucle de cheveux emmêlée devant sa figure. Emily se frotta les yeux, laissant le cauchemar disparaître.

– On t'a apporté le dîner, dit Adriane en se postant près des lits superposés.

Elle lui tendit un plateau couvert et une brique de jus de fruits.

Soudain affamée, Emily posa les pieds sur le plancher et souleva le couvercle du plateau.

– Merci, dit-elle en mordant dans un délicieux sandwich au thon. Pourquoi vous ne m'avez pas réveillée ?

– Tu étais épuisée, répondit Adriane. La magicienne mondaine t'a remplacée au dîner.

– Salut les filles ! s'écria Kara en bondissant par la porte-moustiquaire pour venir s'affaler sur le lit à côté d'Emily. Veronica m'a invitée à un enveloppement de boue en nocturne au spa ce soir.

– Oui, c'est génial, marmonna Emily en croquant un cornichon.

– Emily, j'essayais juste d'être sympa, rétorqua Kara. Tu devrais lui laisser une chance.

– En tout cas, merci de détourner son attention de moi.

– Pas de problème.

Kara ouvrit deux valises à fleurs identiques. Leur contenu se déversa immédiatement dans la pièce. Elle se mit à fouiller parmi les chaussures, les bandanas pastel, les chemises de soie, les vestes et tout un tas de tenues diverses et variées.

Emily s'attacha les cheveux avec un chouchou.

– Tu les entends toujours ? demanda Ozzie, soucieux.

– Pas en ce moment.

– Ozzie nous a raconté, dit Adriane. On est allés voir avec Rêveur. Aucun signe de tourbillons bizarres, ni d'activité magique. On pense que c'était un phénomène isolé dans ce canyon, qui doit être attiré par la magie de ce qui se trouve dans les cavernes.

Emily hocha la tête.

Kara était en train d'assortir plusieurs tenues.

– Bon, vous aurez tout le temps que vous voudrez pour aller inspecter demain matin.

– Non, protesta la guérisseuse. Il faut y aller *tout de suite* !

Kara posa les mains sur les hanches.

– Vous voulez aller traîner dans le désert *maintenant* ?

– Ça ne peut pas attendre, insista Emily en enfilant ses chaussures de randonnée. Les animaux qui sont là-bas pourraient être blessés.

– Si Emily dit qu'il faut y aller, on y va ! s'exclama Adriane.

Rêveur, qui faisait les cent pas dans la pièce, leur envoya l'image de la lune.

– Allez, tu peux l'exprimer avec des mots, le pressa Adriane.

*Le loup chasse la nuit.*

– Alors c'est décidé, conclut la guerrière en regardant Kara. Quatre voix contre une.

– Je refuse de rater le bain de boue pour aller traîner dans la poussière !

Ses cheveux se dressèrent comme un porc-épic.

– Géniale, la coiffure, commenta Adriane.

– C'est à au moins cinq kilomètres, comment on va faire pour s'y rendre ? demanda Emily.

– La fiancée de Frankenstein ici présente a eu l'amabilité de nous trouver un moyen de transport, déclara Adriane en montrant la moustiquaire.

Dehors, une voiturette de golf rutilante avec écrit HÔTEL DES QUATRE VENTS en bleu sur le côté était garée devant le chalet.

– Hors de question ! Je refuse de retourner jusqu'à l'hôtel à pied.

Kara se rendit à la salle de bains et hurla de surprise en découvrant sa coiffure dans le miroir.

Rêveur souffla par le nez, ce qui était l'équivalent d'un rire pour les loups de brume.

D'un geste vif, Kara retrouva sa coiffure normale. Satisfaite, elle poussa les brosses à dents des filles de l'étagère et se mit à aligner soigneusement tous ses rouges à lèvres du plus clair au plus foncé.

– Je vais peut-être me faire la même coiffure que Veronica.

Tandis qu'elle parlait, ses tresses blondes se tordirent et se transformèrent en une chevelure noire flottante.

– Ne fais pas ça ! s'écria Emily, en colère.

Kara déglutit et ferma les yeux pour se concentrer. Elle redevint blonde.

– Désolée.

– Ce n'est pas drôle.

– Ton pouvoir n'est pas un accessoire de mode, la gronda Adriane. Maîtrise ta pierre !

Kara tritura son collier.

– J'essaie...

Emily décela une étincelle de peur dans les yeux de son amie.

– D'accord, Kara, tu restes ici, dit-elle en sortant sa veste en jean de sa valise.

– Allons-y, ordonna Adriane. S'il se passe quoi que ce soit, tu nous appelles immédiatement, ajouta-t-elle pour Kara.

– Pas de problème.

Adriane, Rêveur, Emily et Ozzie se précipitèrent hors du chalet.

– Le carrosse de Madame est avancé, annonça Adriane en se penchant cérémonieusement devant la voiturette de golf.

– Merci, fier valet, gloussa Emily en montant sur le siège passager.

Adriane s'installa derrière le volant et mit le contact sous l'œil inquiet de Rêveur et d'Ozzie.

– Hé, pas de stress, je conduis des tondeuses à moteur depuis mes sept ans.

La voiturette partit à reculons.

– D'accord, peut-être huit ans.

L'engin repartit en avant sur le sentier de gravier slalomant entre les chalets.

– La piste commence derrière ce gros rocher, indiqua Emily.

Adriane engagea la voiturette sur la route principale.

Les derniers rayons violets du soleil couchant avaient disparu, avalés par l'obscurité du désert. Adriane alluma les phares, qui projetèrent des ronds de lumière sur la piste. Le groupe traversa une mer rocailleuse de collines et de vastes plaines. Emily et Ozzie se dirigeaient grâce aux points de repère qu'ils avaient notés plus tôt dans la journée, dans le grand désert.

– Là-bas, c'est Echo Ridge, indiqua Emily au bout d'un moment. Il faut prendre vers l'est. Le canyon est à moins de deux kilomètres... par là.

Adriane s'exécuta. La lueur fantomatique de la lune montante faisait ressortir les reliefs.

Au bout d'un moment, Adriane arrêta la voiturette devant la large entrée du canyon.

En silence, le groupe écouta les bruits nocturnes du désert. Des insectes bourdonnaient et au loin un coyote jappa.

– Il y a une grande caverne tout au bout du canyon, murmura Ozzie.

La guerrière consulta sa pierre, qui restait tranquille à son poignet.

Rêveur leva la truffe pour renifler l'air. Avec un aboiement, il bondit sur le sable.

– Qu'est-ce que tu as trouvé ? demanda Adriane.

*Magie.*

– D'accord, mais ne t'éloigne pas trop.

Adriane remit la voiturette en marche pour suivre Rêveur.

*Magicienne ?* dit une voix douce dans la tête d'Emily.

*Oui, je suis là.*

*Tu es vraiment une magicienne ?*

*Oui.*

*Alors comment je m'appelle ?*

*Chut, Clio ! Ne parle pas aux étrangers !*

*Clio*, répondit Emily.

*Ooo, tu entends ça, Riannan ?*

*Elle m'a entendu le dire, tête de linotte !*

– Un autre message ? demanda Adriane.

– Oui, dépêchons-nous.

Les pensées chamboulées d'Emily se fixèrent sur le souvenir d'une belle licorne blanche.

Elle s'appelait Lorelei. La Magicienne des Ténèbres l'avait capturée et lui avait coupé sa corne afin de lui voler sa magie. Emily frissonna. Elle ne voulait pas penser à ce qu'elles s'apprêtaient à trouver. C'était à elle que revenait la tâche de ressentir la souffrance et de la guérir.

– Emily ! chuchota Adriane en levant sa pierre de loup qui jetait un éclair d'avertissement.

– D'où ça vient ? demanda Ozzie dont la pierre luisait aussi pour le prévenir d'un danger.

Rêveur projeta une image de sable.

Adriane concentra le rayon de son bracelet sur le sol. Rien ne bougeait dans le désert fantomatique.

– Je ne vois rien.

La fourrure du loup de brume se hérissa, et il fit volte-face en grognant.

Soudain, la voiturette fut soulevée comme si elle se trouvait à la surface d'une vague.

– Waouh ! fit Ozzie. Regardez !

Derrière eux, le sol roulait tel un océan pendant une tempête.

Emily s'accrocha pour se retenir, sa pierre illuminée. La menace était partout autour d'eux.

– Plus vite, Adriane !

– On va aussi vite que possible !

– Je crois que je vois... aïe !

Emily atterrit par terre, la tête dans le sable. Elle se retourna pour regarder au-dessus d'elle. Le véhicule fut projeté en l'air et retomba à l'envers avec un bruit sourd.

Elle s'agenouilla pour chercher Adriane, paniquée, et aperçut un rayon de lumière dorée. La pierre de la guerrière était en feu.

– Emily ! Ça va ?

– Je crois.

Le sol continuait d'onduler, comme si quelque chose *nageait* en dessous. Un aileron fin sortit de terre, fendant le sol dans sa direction. Elle n'aurait pas pu le distancer, il était trop rapide.

Le monstre émergea de sous la surface à moins d'un mètre d'elle ! L'espace d'un instant, Emily entrevit son énorme tête telle celle d'un requin à la gueule remplie de dents aiguisées comme des pieux.

Sans hésitation, Rêveur sauta à la gorge de la créature.

Le requin se débattit et bondit dans les airs, révélant son corps entier au-dessus du sable du désert.

Adriane leva les poings et envoya des flammes fendre la nuit. La bête explosa en un nuage de poussière.

– Il est fait de sable ! s'écria Emily, qui se protégeait les yeux des débris.

Adriane stoppa son jet de magie et ramena les flammes à son poignet.

*Louve guerrière !* dit fièrement Rêveur.

– Oui !

Derrière la poussière, des lumières étaient soudainement apparues dans le ciel.

– Des soucoupes volantes ! cria Ozzie.

Une tornade de lueurs inquiétantes rouges, vertes et violettes qui se reflétaient sur le sable se forma.

– Un autre tourbillon magique ! s'écria Emily.

Comme un serpent, la tornade glissa sur le sol et, au milieu du désert, huit nouveaux ailerons se matérialisèrent.

– Ozzie, où est la caverne ? cria Emily.

– Euh... par là... non, par là... Arg !

Le furet s'arrêta net alors qu'un aileron sortait du sol.

– Rêveur ! Couvre-nous ! commanda Adriane en transformant son rayon doré en sabre. Emily, prends à droite ! Ozzie, à gauche !

– On ne peut pas les retenir, Adriane, paniqua Emily. Cours !

Mais c'était trop tard. Des douzaines d'ailerons noirs firent surface. Les magiciennes étaient complètement encerclées.

# 7

Sous la lueur blanchâtre de la lune, le désert vibrait. Les assaillants projetaient des vagues de sable sur les quatre défenseurs de la magie. Emily, Adriane, Ozzie et Rêveur se tenaient dos à dos, pierres levées. Le loup de brume, babines retroussées, aboyait sur les monstres.

– Restez sur vos gardes, ordonna Adriane, qui brandissait son sabre de feu.

– Attention ! hurla Ozzie.

Une bête énorme attaqua. Son immense corps jaillit du sol, toutes dents dehors.

Adriane trancha la bête en deux dans une pluie de sable. Rêveur voulut bloquer un autre requin mais manqua de faire tomber la guerrière.

– Rêveur, reste derrière moi ! ordonna-t-elle.

La deuxième bête attaqua. Les rayons argentés de la lune se reflétaient dans ses dents translucides. Adriane visa la gorge et la fit exploser.

Plusieurs autres créatures attaquèrent de tous côtés.

– Il y en a trop ! paniqua Ozzie en tapant sur sa pierre pour essayer de la faire fonctionner.

Une ombre passa sur le groupe et une forme sombre descendit du ciel.

– Il y en a encore une autre ! cria Ozzie.

Dans un grognement féroce, la créature volante se jeta sur les monstres, toutes griffes dehors. Les bêtes retournèrent à la poussière en quelques secondes.

– Lyra ! s'écria Emily.

*Vite, courez !* dit la féline.

– Allez, allez, allez ! hurla Adriane.

Elle bondit, fit volte-face et lança d'autres flammes magiques sur l'un des monstres.

Un nouveau tourbillon se matérialisa, bien plus petit cette fois. La guerrière se mit en posture de combat, prête à attaquer.

– Adriane, attends ! lui cria Emily.

Le minuscule tourbillon qui tournoyait furieusement finit par s'arrêter en chancelant, révélant un petit bonhomme de brindilles.

– Tweek ! fit Emily.

– La magie est devenue folle ! couina le M.E. dont les yeux de quartz tournaient dans sa tête. J'ai mis une éternité à reveni...

Il se retrouva nez à nez avec un autre requin des sables.

– ... iiiir !

Qui l'avala tout cru.

Adriane lança un lasso de lumière dorée autour de la bête qu'elle trancha en deux.

Le petit bonhomme de brindilles retomba par terre dans un nuage de sable.

– Fascinant. Je n'ai jamais rencontré une telle magie élémentaire.

Un grondement inquiétant résonna dans le désert.

– Tout le monde à la caverne ! commanda Adriane.

Trébuchant sur les ondulations du sable, Ozzie attrapa le M.E.

– Toi, tu as quelques explications à nous donner !

Ils entrèrent dans la grotte obscure. Les lumières bleu et or des magiciennes éclairèrent l'immense chambre.

Emily se précipita pour serrer Lyra dans ses bras.

– Je suis tellement contente de te voir !

*Je n'allais pas vous laisser partir à l'aventure sans moi.*

Adriane gratta la féline derrière les oreilles.

– Ça n'aurait pas été pareil. Comment tu nous as retrouvées ?

*Je n'ai eu qu'à chercher une pagaille magique*, plaisanta la féline. *Bien sûr, je m'attendais plutôt à trouver l'étoile filante.*

Tourné vers les ténèbres de la caverne, Tweek, toujours retenu par Ozzie, s'exprima calmement.

– L'aventure ? Est-ce une journée normale pour des mages comme vous ?

– Tu n'as pas idée, marmonna Ozzie.

– Tweek, je te présente Adriane, Rêveur et Lyra, dit Emily.

– Enchanté de faire votre connaissance. Je suis un Magimentaire Expé... *hé* !

– Oui, on sait, on sait, fit Ozzie en secouant quelques branches lâches du M.E. Pourquoi tu débarques toujours quand il se passe quelque chose de terrible ?

– Ozzie ! gronda Emily. Repose-le.

– Ce n'est pas ma faute, répliqua Tweek. Quelqu'un utilise de la magie féerique pour manipuler les éléments de la nature.

– Qui ? demanda Ozzie, pattes croisées.

– Je ne sais pas.

– Mais qu'est-ce que tu *sais* ?

– La racine carrée de l'arbuste absolu est quatre fois la feuille.

– Qu'est-ce que tu racontes ?

– C'est de la brindillométrie. Ça fait partie des choses que je sais.

– Alors quelqu'un est à la recherche d'une magie perdue, coupa Emily, qui essayait de réfléchir en ignorant leur dispute.

– Oui, oui ! C'est ça ! répondit Tweek.

Des plaintes cacophoniques s'élevèrent depuis les profondeurs de la grotte.

– Qu'est-ce que c'était ? demanda Tweek.

Emily se pétrifia. Le rythme de ces sons lui était étrangement familier.

– Je crois que c'est la magie disparue... les licornes.

– Des licornes ? s'étonna Tweek. Mais ça fait un bruit d'enfer !

Adriane balada sa pierre sur les murs et révéla des tunnels partant dans toutes les directions. Les ombres dansaient sur le plafond de roche en réaction à l'intrusion de la lumière.

– Qu'est-ce que c'est ? demanda Ozzie.

– Des chauves-souris, expliqua Emily. Elles vivent à l'entrée des grottes.

– Arg ! Il doit y en avoir des milliers !

Adriane s'agenouilla près de Rêveur pour lui caresser la nuque.

– Quel tunnel nous amène à la magie ?

D'autres plaintes insupportables résonnèrent.

Il aboya avec enthousiasme en pointant la truffe vers l'un des tunnels.

– D'accord, guide-nous.

Le tunnel serpentait à travers des cavernes alvéolaires, la magie des pierres illuminait des colonnes de calcaire de chaque côté. Les magiciennes erraient dans un univers souterrain étrange et inconnu. Elles dépassèrent d'extraordinaires sculptures naturelles ressemblant à des cascades gelées et des châteaux effondrés. Elles s'enfonçaient de plus en plus profond sous terre.

Les plaintes se firent de nouveau entendre.

Le tunnel dessinait une fourche. Emily s'approcha du loup et indiqua une direction. Les bruits semblaient s'agiter à mesure que le groupe avançait.

– Par ici. C'est de plus en plus fort.

Rêveur grondait doucement.

– Sois prudente, souffla Ozzie en passant devant Emily pour la protéger.

Ils traversèrent une grande caverne. D'énormes stalactites pendaient du plafond. Des filets d'eau irisée gouttaient sur des stalagmites jaunâtres qui surgissaient du sol.

– C'est forcément quelque part par là, poursuivit Emily en avançant.

– Je ne vois rieee...

*Boïng !*

Ozzie rebondit sur... rien !

– Ozzie, ça va ?

– Parfaitement.

Le furet se releva, moustaches en place.

À leur tour, les doigts d'Emily se cognèrent contre une barrière invisible.

– Il y a quelque chose là, dit-elle en passant la lumière bleue de sa pierre sur la zone, qui révéla un bouclier scintillant.

– Un bouclier de protection ! s'exclama Tweek. Ooo, Gwigg avait raison, vous êtes très fortes !

– Elles sont là-dedans, chuchota Emily en posant les deux mains contre le bouclier. Hé ! Vous m'entendez ?

*Va-t'en !*

*Laisse-nous tranquilles !*

*Il n'y a personne !*

*Chuuuut !*

– On ne vous veut aucun mal, dit Emily, qui essayait d'envoyer des ondes apaisantes derrière l'obstacle invisible.

Elle se retourna pour faire un signe de tête à Adriane.

La guerrière rassembla un fil d'or autour de son doigt qu'elle dirigea prudemment vers le bouclier. Il ricocha au-dessus de Tweek.

– Qu'est-ce qu'on fait, maintenant ? demanda-t-elle.

– MaRMag ! s'écria Tweek.

– À tes souhaits, lui lança Ozzie avec une tape dans le dos.

– Non, non, non, le MaRMag : Le Manuel de Règlementation des Magimentaires !

Il leva la petite pierre bleue à son cou.

– Il y a peut-être une information pour nous aider à franchir ce bouclier.

Il fit sortir une petite sphère brillante de sa pierre. D'étranges symboles et des images défilaient rapidement à travers, jetant des ombres sur les parois rocheuses de la caverne.

– C’est comme une carte féerique, remarqua Adriane.

– En quelque sorte, répondit Tweek, qui étudiait les symboles. Le MaRMag est accordé sur moi, je suis le seul à pouvoir le faire fonctionner. Ah, nous y voilà. Cette barrière est un bouclier de licorne. La seule façon de le franchir est d’utiliser la magie des licornes. J’imagine que personne n’en a sur soi ?

– Non, mais..., commença Emily.

– On connait quelqu’un qui en a, termina Adriane.

– Appelle-la, Lyra.

La féline acquiesça.

– Qui ça ? Qui ça ? demanda Tweek, tout excité. Une autre magicienne ?

– La rose, répondit sèchement Adriane.

– Où ? Où ?

– Du calme, dit Ozzie. On dirait Ariel la chouette.

– Il faut qu’elle demande aux dragonneaux d’ouvrir un passage, poursuivit Emily. C’est le seul moyen de la faire venir ici. On lui a pris sa voiturette de golf.

La féline ferma ses yeux verts afin d’envoyer le message télépathique à Kara. Son visage grimaça.

– Attendez ! s’écria Tweek. C’est l’étoile filante, c’est ça ?

– Bingo, grommela Adriane.

*Elle n'est pas contente, mais elle arrive.*

*Pop ! Pop ! Pop ! Pop ! Pop !*

Des bulles de couleur éclatèrent dans la grotte, chacune révélant un minuscule dragon volant.

– Dii Dii ! Emiii !

Barney le violet, Fiona la rouge, Fred le bleu, Flamme l'orange et Dorie la dorée voletèrent autour des magiciennes, tout contents.

– Ozoo ! fit Barney en atterrissant sur la tête du furet.

– Arg ! Va-t'en, vermine !

– Salut les amis, dit Emily en grattant Fiona sous le menton.

Les dragonneaux se précipitèrent vers le bouclier en couinant.

– Oui, on doit entrer là-dedans, mais d'abord on a besoin de Kara.

– Ooo !

Ensemble, les cinq créatures formèrent une ronde et se mirent à tourner à toute allure. Ils étaient en train de former un petit passage. Le cercle brillant s'élargit et lança des éclairs.

Les murs du tunnel tremblèrent comme si un train passait en dessous.

– Je n'aime pas ça du tout, dit Adriane en jetant un coup d'œil à sa pierre de loup.

– Tu crois que ce qui nous a attaqués dehors nous a suivis jusqu'ici ? demanda Emily, inquiète.

– Quelque chose de terrible approche ! s'exclama Tweek dont les yeux de quartz tournaient dans tous les sens.

– Kaaraa ! couina Dorie.

Dans un éclair de lumière blanche, une silhouette traversa le passage pour entrer dans la cave.

Tweek hurla de terreur et se cogna dans Ozzie en tentant de fuir.

L'épais masque de boue brunâtre plaqué sur le visage de Kara se craquela. Son peignoir et la serviette blanche enroulée autour de ses cheveux faisaient ressortir le masque et l'unique tranche de concombre qui était restée collée sur un de ses yeux.

– Ne laisse pas sa beauté t'aveugler, gloussa Adriane à l'adresse de Tweek.

– Vous avez intérêt à avoir une bonne excuse, fulmina l'étoile filante.

– On a trouvé d'où provient la magie, mais elle est derrière un bouclier, expliqua Emily en posant les mains contre l'obstacle invisible. Selon Tweek, il nous faut ta pierre de licorne pour passer.

– Impossible, déclara Kara, catégorique.

– Comment ça, impossible ? demanda Adriane. Ta pierre est la seule capable de l'ouvrir.

– Kara, qu'est-ce qui se passe ? demanda Emily, qui ressentait la terreur de son amie.

– Je... enfin... vous savez...

Kara triturait la ceinture de son peignoir, le regard fuyant.

Les magiciennes la regardèrent attentivement.

– Ma magie est complètement... *floobie* ! éclata-t-elle.

– Floobie...

Tweek se mit à rechercher le mot « floobie » dans sa sphère brillante.

– Éteins ce truc, veux-tu ? Ça m'aveugle ! cria Ozzie au M.E.

– Kara, on sait que tu as eu quelques problèmes avec ta pierre, dit gentiment Emily.

– Ça tu peux le dire ! J'ai transformé le bain de boue en gelée !

– Mais on va t'aider, d'accord ? Fais-nous confiance.

*Accroche-toi à moi*, lui suggéra Lyra en s'approchant.

– Lyra. Je suis contente que tu sois là ! s'exclama Kara en la serrant contre elle avant de regarder ses amies. D'accord. Mais si je vous change en quelque chose, ce sera votre faute.

Adriane et Emily se postèrent de chaque côté de l'étoile filante et levèrent leurs pierres.

Kara ouvrit les bras.

– Excuse-moi, dit-elle au petit tas de brindilles à ses pieds.

Le M.E. se déplaça pour lui laisser le champ libre.

– D'accord, allons-y, ma boue est en train de sécher.

Emily et Adriane lui prirent les mains. En tremblant, Kara pointa sa pierre sur le bouclier.

La magie étincelante l'enveloppa complètement, sauf qu'elle n'eut pas l'effet escompté. Dans une explosion brillante, son peignoir se transforma en fourrure rouge.

– Elle existe en noir ? demanda Adriane.

Kara rougit comme une tomate.

– Réessaie, l'encouragea Emily.

Tremblante, Kara fit partir une autre explosion.

– Ta tête ! s'exclama Adriane, une main plaquée sur la bouche.

Cette fois, des plumes arc-en-ciel avaient surgi du masque de boue de Kara.

– Brindilleux ! s'exclama Tweek.

Adriane et Emily envoyèrent des lumières bleue et or autour de l'étoile filante. Frustrée, Kara essaya une dernière fois.

Un rayon cristallin jaillit et se fondit dans la barrière invisible. Le bouclier brilla avant de rétrécir en un tout petit objet plat et argenté qui retomba dans la paume de Kara.

– Hé, cool, une amulette de protection ! s'écria-t-elle. J'étais justement en train de lire un chapitre à ce sujet.

Mais personne ne prêta attention à Kara. La jeune fille se retourna pour voir ce qui fascinait tant ses camarades.

Derrière elle, trente paires d'yeux écarquillés les observaient, muets de terreur.

# 8

— Oooh, des poneys ! couina Kara.

Un troupeau de créatures beige et blanc à grandes pattes grêles et crinières flottantes tremblait contre la paroi de la caverne.

Tweek sautillait dans tous les sens en perdant ses brindilles.

– Ce ne sont pas des poneys, ce sont des licornes !

*Au secours, c'est un moucle poilu !*

*Aaaaah !*

*Non, c'est un moineau-garou !*

*Ouiiiiin !*

Les licornes terrifiées éclatèrent en sanglots et se bousculèrent pour s'éloigner le plus possible de Kara.

Une magie sauvage et incontrôlable explosa en nuées de feux d'artifice au plafond de la caverne. Des éclats de rocher volèrent dans tous les sens.

*KaaaRaaa !*

Les dragonneaux affolés évitèrent les pierres et disparurent dans une explosion de bulles colorées. Les licornes gémirent de plus belle.

*Au secours !!!*

*Aaaah !*

La lumière de diamant jaillit de la pierre de Kara, la forçant à reculer. Sa magie s'écrasa contre les parois.

– Je ne contrôle pas ma pierre ! cria l'étoile filante.

Lyra bondit à ses côtés pour la retenir. Ozzie agitait les pattes dans tous les sens.

Les rayons magiques sortaient de partout et une énorme stalactite du plafond vacilla et s'écrasa à terre.

Rêveur courait de tous les côtés, agité par la magie sauvage.

Emily n'avait jamais rien ressenti de si puissant. La panique et la souffrance de ces créatures la submergeaient. Elle tomba à genoux alors que la caverne commençait à tourner autour d'elle.

– Ozzie, aide-moi, haleta-t-elle.

– Emily !

La pierre du furet lança sa lumière ambrée.

– Arrêtez ça ! cria-t-il aux licornes. Vous lui faites mal !

Amplifiée par sa pierre, sa voix tonna au-dessus du chaos.

De surprise, les licornes s'immobilisèrent. Leur magie s'évanouit.

– Merci, haleta Emily.

– Doucement, lui dit Adriane en l'aidant à se relever.

La guérisseuse lança une onde de magie bleue pour calmer les créatures terrifiées.

– Tout va bien. On ne vous veut aucun mal.

Les licornes la regardèrent, émerveillées.

*Et pour le moucle poilu ?* demanda l'une d'elles.

– Je ne suis pas un moucle poilu ! s'indigna Kara.

Elle gratta son masque de boue écaillé et retira sa serviette en turban. Ses cheveux étaient dressés sur sa tête comme des piques.

Les licornes échangèrent des regards incertains en couinant comme des cornemuses.

– Je m'appelle Emily, se présenta doucement la guérisseuse. J'ai entendu votre appel.

Tweek s'approcha en comptant.

– ... vingt-huit, vingt-neuf... trente... C'est la classe entière des licornes de première année !

– Mais où sont leurs cornes ? demanda Kara.

– Elles n'ont pas encore poussé, heureusement, expliqua Tweek. Ce sont des bébés.

*Je ne suis pas un bébé ! J'ai presque un an !*

– Comment avez-vous atterri ici ? demanda Emily.

*... pas trouvé le passage et... tombés par-dessus bord... cogné ma tête !*

Les licornes brayaient toutes en même temps. La magie explosa de nouveau dans le chaos.

Emily hoqueta.

– Aaah ! hurla Ozzie. Chacun son tour !

Les licornes se rassemblèrent comme pour se protéger et une malheureuse fut poussée devant toutes les autres. Elle atterrit sur la croupe devant les magiciennes. L'animal avait d'immenses oreilles, un nez épaté, le toupet hérissé. Quand il comprit qu'il avait été désigné, il prit une grande inspiration et se mit à parler comme une mitraillette.

*Je m'appelle Pollo, et nous étions en route pour Dalriada, mais les monstres nous ont trouvés et nous avons dû tomber par un passage et atterrir ici. Après nous avons couru jusque dans cette caverne et nous avons utilisé l'amulette pour nous cacher.*

Une autre licorne, plus grande que les autres, avec une magnifique crinière flottante, leva la tête.

Comprenant que Pollo n'allait pas être dévoré, elle le bouscula pour prendre la parole.

*Comment avez-vous franchi le bouclier ?*

– Voici Kara, expliqua Emily. C'est sa pierre de licorne qui l'a ouvert.

*Oooo !* firent les licornes en chœur.

*Je vous ordonne de nous faire sortir d'ici !* lança la grande licorne sur un ton autoritaire.

*Riannan, c'est une vraie pierre de licorne !* s'écria Pollo.

*Qui êtes-vous ?* demanda Riannan.

*Je suis ton frère, Pollo.*

*Pas toi !* fit Riannan en tapant un sabot pailleté par terre. *Vous !*

– Voici Adriane, Lyra, Rêveur et Ozzie, dit Emily. Nous venons de Ravenswood.

*Ce n'est pas parce qu'ils le déclarent que c'est vrai*, renifla Riannan en donnant un coup de queue dorée à Pollo. *Que tout le monde reste en arrière.*

Mais toutes les licornes bousculèrent Riannan pour venir examiner les filles et leurs animaux magiques.

– Vous savez que j'ai déjà chevauché une grande licorne, révéla Kara avec un sourire radieux.

*C'est une étoile filante !*

*Waouuuh !*

Les bébés s'amassèrent autour d'elle.

– Je peux voir ça ? demanda Tweek à Kara en désignant l'amulette que Kara tenait.

Il fit passer un rayon de sa pierre sur l'objet argenté.

– Quelqu'un vous a envoyé les licornes, déclara-t-il.

– Ici ? demanda Adriane, incrédule.

– C'est une amulette très puissante. Elle a été réglée sur la pierre de licorne.

– Arg ! fit Ozzie quand une des licornes lui donna un petit coup de museau.

Le poulain avait une robe à pois.

*Je m'appelle Ralfondiz. Tu es quoi ?*

– Fais attention, Ralfie, répondit le furet.

– Ozzie est aussi un magicien, expliqua Emily. C'est un elfe.

*Tous les elfes sont aussi poilus que toi ?*

– Non, moi je suis extra poilu !

*Je suis Flocon. Es-tu un loup de brume ?* demanda timidement une licorne toute blanche à Rêveur.

Ce dernier transforma son oreille gauche en brume.

*Oooo.*

*Moi c'est Calliope*, dit une licorne beige aux grands yeux bleus près de Kara.

Sa robe scintillait, comme saupoudrée de poussière de fée.

*Ma crinière est toute sale*, gémit-elle, penaude.

Kara passa les doigts dans ses crins emmêlés.

– Pas de panique, la rassura-t-elle. Un peu d'après-shampoing aux plantes et ce sera réglé !

La licorne rayonna.

*Nous sommes sauvés !* s'exclama une autre, qui trébucha sur ses pattes trop grandes et tomba sur Lyra. *Salut. Moi c'est Electra.*

*Tout doux, Electra*, murmura Lyra en relevant la licorne maladroite.

Des bruits de mauvais augure résonnèrent dans toute la grotte, faisant trembler la roche et la poussière.

Une petite licorne se blottit contre Emily.

*Les monstres nous pourchassent encore ?*

*Violette, tu es aussi trouillarde qu'un wommel !* dit Riannan en levant ses beaux yeux sombres au plafond.

Adriane se rapprocha de l'entrée de la grotte. Sa pierre lança une lueur d'avertissement.

– Qu'est-ce qui vous a attaqués, Violette ? demanda Emily.

Violette couina et cacha sa tête entre ses longues pattes avant.

*Des gros monstres faits en brouillard*, expliqua une autre licorne dont le bas des quatre pattes était noir, comme des chaussettes.

*Je les ai mieux vus que toi, Clio*, déclara un autre animal avec une tache scintillante sur le front. *C'étaient des monstres de brouillard.*

*C'est exactement ce que je viens de dire, Dante !* s'indigna Clio.

– Celui qui a fabriqué ces créatures possède de grands talents, s'exclama Tweek. Il n'y a qu'un maître de la magie qui puisse manier la magie féerique de la sorte.

– Il faut s'en aller tout de suite, déclara Adriane.

*Ramenez-nous à notre chariot et emmenez-nous à Dalriada* ! ordonna Riannan.

– J'ai bien peur qu'il n'y ait plus de chariot, soupira Emily, qui comprit comment les licornes étaient arrivées jusqu'ici.

*Alors qu'est-ce qu'on fait, maintenant ?* grogna Riannan.

Une bourrasque hurlante s'engouffra dans la caverne.

*BLIIIIII !*

Tout le monde sursauta au bruit de cornemuse que venait d'émettre une petite licorne.

*Ça ne va pas de faire ça, Épicéa !* la gronda Dante.

*Un danger approche*, dit Épicéa en frissonnant.

On entendit un bruit de glissement humide provenant du bout du tunnel sombre.

– Il est possible qu'une créature féerique très puissante utilise la magie élémentaire. Dans l'Autremonde, certaines en sont capables, réfléchit Tweek.

– Comment on la combat ? demanda Adriane, qui guettait le tunnel.

– La combattre ? C'est presque impossible. Vous êtes seulement des magiciennes de Niveau Un.

Kara, Adriane et Emily le regardèrent, interdites.

– Moi je croyais qu'on était des magiciennes tout court, énonça lentement Adriane.

– Combien y a-t-il de niveaux ? questionna Emily.

– Vous n'avez pas lu le MaRMagus ? Le Manuel de Règlementation pour les Mages ! Votre mentor aurait dû vous le donner.

– On n'a pas de mentor, répondit Adriane.

– Comment ? s'exclama Tweek en laissant tomber un petit tas de feuilles. Vous êtes en train de me dire que vous vous promenez avec des pierres magiques sans aucune supervision ?

– Hé ! Et moi alors ? l'interrompit Ozzie. Je compte pour du beurre ?

Un bruissement métallique inquiétant se rapprochait dans le tunnel.

Rêveur gronda, les poils du dos hérissés.

*Tu ne vas pas nous abandonner, hein Emily ?* demanda Violette, toute tremblante.

– Bien sûr que non.

– Tweek, les licornes ne peuvent pas ouvrir de passage ? demanda Kara.

– Absolument pas ! Leur magie n'est pas fiable du tout.

– Kara, rappelle les dragonneaux, déclara Adriane. Il faut qu'ils nous ouvrent un passage, on va prendre les licornes avec nous.

– Mais où ? demanda Ozzie. À mon avis Texas Slim risque de remarquer trente poulains qui se baladent dans son ranch.

– Il y a des box vides près des mangeoires dans la grange, suggéra Emily. Personne ne nous verra à cette heure de la nuit.

– Tête de brindille, dit Ozzie en rendant une branche au M.E. Remets le bouclier de protection en marche.

– J'ai bien peur de ne pas pouvoir. Il faut le recharger.

– On a notre bouclier personnel, suggéra Adriane, qui se tourna vers le loup de brume. Rêveur, transforme-toi en brume et couvre l'ouverture de la grotte.

Le jeune loup sembla incertain de ses capacités magiques.

– Tu peux le faire. Comme à l'entraînement.

– Allez Kara. Vite ! pressa Emily.

– Oh bon d'accord.

L'étoile filante ferma les yeux pour appeler ses amis.

Des bulles colorées éclatèrent devant les licornes surprises quand les têtes des cinq mini dragons apparurent.

– Oooo, fit Dorie en inspectant l'endroit.

– Dorie, ouvrez-nous un passage vers le ranch, demanda Kara. Il faut qu'on arrive dans la grange.

– Oookééé.

Les minuscules créatures se mirent au travail.

Rêveur ferma les yeux. Son corps sembla scintiller, puis sa tête disparut en une volute de fumée brumeuse.

– Concentre-toi, lui dit Adriane. Laisse la magie parcourir ton corps.

La tête du loup réapparut, puis ses pattes disparurent. Il gémit.

Un cri inquiétant emplit le tunnel alors que le son métallique menaçant semblait se rapprocher.

– Kaaraa ! crièrent les dragons, qui avaient ouvert le passage.

– Faites-moi voir, demanda Kara en passant la tête par l'ouverture. C'est bon ! Allez tout le monde, on y va !

*Vas-y, toi.*

*Hors de question que je passe la première.*

*Pas question !*

*Je déteste les passages !*

*La dernière fois, j'ai vomi !*

– Écoutez ! s'écria Ozzie en faisant les cent pas devant les petites licornes. Plus vite on sera passés, plus vite on sera en sécurité dans une grange remplie de foin, d'avoine, de carottes...

*Hé, on n'est pas des chevaux, Monsieur Poilu !* protesta Ralfie en tirant la langue.

– Moi c'est *Monsieur Furet*. Très bien, très bien, je me chargerai personnellement de vous apporter tout ce que vous voulez manger, dit-il en poussant Ralfie vers le passage.

Rêveur avait réussi à étendre tout son corps brumeux devant l'entrée de la caverne. Sa tête flottait au centre, les yeux écarquillés, l'air pas du tout content de lui.

– Pas mal, le félicita Adriane.

Une forme massive s'arrêta devant l'ouverture. Derrière la brume, on apercevait un long corps de serpent.

*Aaah...*

*Chut !* chuchota Riannan en plaquant sa queue sur la bouche de Clio.

– Ooooo.

Les dragonneaux tremblaient de toutes leurs écailles, faisant vaciller le passage.

– Quelqu'un passe en premier ! souffla Emily.

Sans prévenir, la créature géante plongea dans la brume. Des tas d'yeux regardaient partout depuis de longues tiges qui sortaient d'une tête bulbeuse couverte d'épines. La créature grotesque aux allures de chenille géante avançait sur des douzaines de pattes cliquetantes. Des tentacules se tordaient dans tous les sens et sa gueule révéla des rangées de dents pointues et fétides.

Les licornes se bousculèrent. Six d'entre elles tentèrent de se jeter toutes en même temps à travers le passage. Les dragonneaux couinèrent.

*Laissez-moi passer !*

*Ouille, mon nez !*

Adriane passa à l'action. Elle jeta un anneau de lumière dorée au monstre. Avec un horrible cri de cochon, il se tordit dans un bruit de cliquetis infernal. La guerrière bondit pour échapper aux tentacules visqueux.

Emily et Ozzie séparèrent les poulains afin de les pousser un par un dans le passage.

– Gardez le passage ouvert quoi qu'il arrive ! ordonna Emily aux mini dragons.

Lyra s'envola, toutes griffes dehors, pour protéger les licornes des tentacules.

Kara pointa sa pierre sur la créature. Un éclair blanc se répercuta sur le plafond de la cave et fit voler des éclats de roche. La jeune fille tituba en arrière, rouge de honte.

La créature plongea, tentant d'avaler toutes les licornes d'un coup.

Adriane frappa de nouveau. Les flammes atteignirent le monstre à la tête pour l'éloigner du passage.

– Lyra, fais passer tout le monde ! cria la guerrière. On est juste derrière vous. Allez !

Ozzie et Tweek poussèrent les deux derniers bébés affolés et sautèrent à leur tour dans le passage. Lyra bondit à la suite de Kara et d'Emily et disparut.

– Rêveur ! cria Adriane. Où es-tu ?

*Sœur de meute ! Vas-y !*

Dans sa forme solide, Rêveur se dressait devant le monstre, qui secouait son énorme tête, gueule béante.

À la vitesse de la lumière, Adriane dépassa la créature et poussa Rêveur dans le passage. Les dragonneaux couinèrent quand la guerrière plongea.

Avec un hurlement effroyable, la créature s'élança à sa suite.

# 9

Adriane et Rêveur s'écrasèrent sur le sol de la grange, le souffle fétide du monstre dans leur dos.

Toutes dents dehors, la créature passa la tête dans le passage.

La guerrière croisa les poignets devant elle en position de combat.

– Rêveur ! Derrière moi !

*Aaaah !*

*Cachez-moi !*

*Fuyez !*

Les licornes couraient en tous sens dans la grange. Les chevaux présents se cabrèrent de surprise tandis que Lyra poussait les traînards pour les mettre en sécurité.

Adriane fit feu.

Dans un grognement féroce, Rêveur bondit vers le monstre... en plein dans la trajectoire de l'éclair d'Adriane.

– Non ! cria la guerrière en déviant son tir.

Le monstre attaqua et referma ses mâchoires sur Rêveur.

*Zaaap !*

Dans un flash, le passage disparut, coupant la tête hideuse. Sa peau visqueuse et ses yeux comme des billes se changèrent en un tas vert et gluant qui éclaboussa le sol. Intact, Rêveur s'ébroua pour se débarrasser de la gelée.

Les cinq petits dragons apparurent dans une bulle.

– Bien joué, les amis ! s'exclama Kara.

*Laisse-moi tranquille, Ralfie*, se plaignit Dante en sortant d'un box.

*Où on est ?* demanda Ralfie, qui avait du foin coincé dans la crinière.

– Tout va bien, nous sommes en sécurité, les rassura Emily en envoyant une onde d'apaisement aux chevaux effrayés de l'écurie.

Elle referma rapidement la porte de la grange avant qu'Electra n'ait le temps de sortir.

Ozzie courait partout pour faire rentrer les licornes dans les box libres.

– Il faut que tu apprennes à m'écouter ! disait Adriane en nettoyant la fourrure de Rêveur. La prochaine fois, tu n'auras peut-être pas autant de chance.

Le loup baissait les yeux.

*Sœur de meute.*

– Oui. Qu'est-ce que je ferais si je te perdais ? soupira la guerrière en le serrant contre elle.

– On dirait les épinards à la crème de ma grand-mère, constata Kara en grimaçant devant la flaque gluante qui gisait au sol. C'était quoi ce truc ?

– Élémentaire, ma chère magicienne, dit Tweek en ramassant quelque chose dans la flaque. Ceci est une épine de figue de Barbarie.

– Alors c'était... un genre de cactus mille-pattes ? demanda Kara.

– Ce genre de magie n'est pas censé exister sur terre, fit Tweet en agitant ses mains de brindille vers les licornes.

*Nous devons nous rendre à Dalriada*, dit fermement Riannan en tapant du sabot.

Les autres couinèrent comme un carrousel cassé.

– D’accord, que tout le monde s’installe, ordonna Emily. Vous allez devoir rester ici jusqu’à ce qu’on trouve une solution.

– Si ces monstres élémentaires les ont trouvées dans le désert, ils les retrouveront ici, nota Adriane. Sans boucliers, ces licornes sont des cibles faciles.

– Tweek, comment on fait pour recharger l’amulette ? demanda Emily.

– Il faudrait de la magie de licorne. Mais c’est hors de question. Sans leur corne, elles ne peuvent pas concentrer leur magie. Ça va exploser partout, comme dans la caverne.

– Et si on y arrive ?

Tweek dévisagea Emily avec hésitation.

– Comment comptes-tu t’y prendre ?

– Tu as dit que l’amulette était réglée sur la pierre de Kara. On peut peut-être aider ces licornes à maîtriser leur magie grâce à sa pierre aussi.

– Ça pourrait marcher...

– Non, non, pas question, protesta Kara, une main autour de son collier. Bon, d’accord, je l’avoue : je ne sais pas du tout m’en servir.

– On va t’aider, Kara, déclara Emily.

– C’est beaucoup trop dangereux ! s’exclama Tweek.

– Ça vaut la peine d'essayer, dit Adriane.

– Mettons-nous en cercle, ordonna Emily.

Ozzie fit le tour de la grange pour former un grand cercle régulier de licornes.

Tweek se posta au milieu, l'amulette enfermée dans ses brindilles.

– C'est tout à fait contraire à la règlementation.

Les magies dorée et bleue d'Adriane et Emily s'enroulèrent autour de l'amulette.

Kara pointa sa pierre, les yeux fermés. La magie blanche jaillit et enveloppa celles de ses amies.

Kara hurla : sa main s'était transformée en énorme main d'ogre poilu.

*Beurk !*

*C'est dégoûtant !*

Le visage tendu de concentration, Kara serra ses gros doigts d'ogre autour de la pierre. Dans un flash, sa main retrouva son aspect normal avec un bonus : des ongles roses fraîchement vernis.

– Cette pierre de licorne est totalement incontrôlable ! annonça Tweek.

– Les licornes utilisent la musique pour dompter la magie, dit Emily, qui se rappelait avoir guéri Lorelei grâce à une chanson.

– Le chant de sort, conclut Kara, suivant la pensée de son amie.

– C'est de la magie féerique très puissante, dit Tweek, tout étonné. Comment connaissez-vous... oh laissez tomber, je ne veux pas savoir.

Emily fit face au troupeau.

– Je vais fredonner une note, et vous me suivez. Prêts ?

*Oui !*

*Ooo, trop bien !*

*Moi, moi, moi d'abord !*

*C'est n'importe quoi ! Hors de question que je chante !* protesta Riannan.

*Riannan est une poule mouillée !*

*C'est pas vrai !*

Emily leva sa pierre et fredonna une note.

Un vacarme assourdissant fit trembler la grange.

– Arrêtez tout ! cria Ozzie.

Emily sourit.

– Vous devez suivre la musique. Laissez-la sortir.

Elle fredonna le premier couplet de la belle chanson qu'elle avait chantée avec Lorelei. Le mince filet de voix de Pollo la rejoignit, une octave trop haut, mais dans le ton.

– C'est bien. À toi, dit Emily en faisant signe à la licorne suivante.

*WIIIIAAAAA !* hurla Épicéa d'une voix de ténor agressive.

*Épicéa !* gronda Dante.

– Essayez de chanter ensemble, expliqua Emily. Écoutez-vous.

Clio et Flocon se mirent à chanter.

Violette ajouta une note douce et timide.

– C'est bien, Violette.

– Tout doux, dit nerveusement Kara dont la pierre commençait à pulser.

Dante, Electra et Ralfie se joignirent au groupe, puis Calliope, d'une voix de clochette. Bientôt, chaque licorne chanta, sauf Riannan, qui levait le menton d'un air de dédain.

La pierre de Kara s'anima avec suffisamment de puissance pour faire briller l'amulette d'une lueur argentée.

– Regardez ! s'exclama Tweek. Ça fonctionne !

Épicéa émit une note complètement fausse.

Dante et Pollo se mirent à chanter de plus en plus fort, chacun pour surpasser l'autre.

Calliope essaya de couvrir les garçons.

La magie de Kara ondula, forte et brillante, menaçant d'échapper à son contrôle. Emily et Adriane créèrent une tresse magique autour de la pierre de Kara afin de la contenir.

Dans un flash, l'amulette projeta une petite bulle tremblante qui flotta dans l'air.

– Par tous les MaRMag ! s'exclama Tweek.

Tout le monde observa les lignes brillantes et le réseau d'étoiles apparaître dans la bulle.

Les yeux de quartz de Tweek tournaient comme des toupies.

– Vous avez ouvert une carte féerique !

– On en a déjà vu plein, dit Kara. Chacune de ces étoiles est un passage.

– C'est de là qu'on est partis, expliqua Pollo en pointant un sabot vers une lumière au bord de la carte.

Emily suivit la ligne brillante jusqu'à la dernière étoile.

– Alors c'est là que vous devez aller. À Dalriada.

– Mais c'est impossible ! lança Tweek. Elles ne peuvent pas ouvrir de passage sans leurs cornes. Et puis on ne sait pas si cette carte est encore à jour ou non. Qui peut prévoir où elles atterriront ?

– On s'en souciera plus tard. Pour le moment,

il faut dresser le bouclier sur tout le ranch, déclara Adriane en se postant aux côtés de Kara avec Emily.

Rêveur et Lyra se rapprochèrent. Les licornes fermèrent les yeux.

Emily sentit sa magie parcourir la carte féerique.

– J'ajoute la protection de la magie de guérison, annonça-t-elle.

– J'ajoute la force d'une guerrière ! enchérit Adriane.

C'était au tour de Kara. Elle prit une grande inspiration et leva sa pierre.

– J'ajoute le feu de l'étoile filante pour les nouer ensemble.

La carte féerique fut remplacée par un dôme scintillant qui flottait dans les airs.

– C'est ça ! s'écria Tweek.

Les magiciennes reculèrent, laissant leur magie s'étendre. Elle flotta jusqu'au plafond en scintillant de blanc, de bleu et de doré, passa à travers le toit et disparut.

– Je n'en crois pas mes quartz... vous avez réussi ! cria Tweek en tendant l'amulette à Kara.

– Combien de temps va-t-il durer ? demanda Adriane.

– Quelques jours, peut-être.

Emily s'effondra dans le foin, épuisée. Clio, Épicéa, Violette, Pollo et Flocon s'empilèrent sur elle pour lui faire un câlin.

*On est trop forts !* s'exclama fièrement Ralfie.

– C'est quoi, Dalriada ? demanda Kara, qui étala soigneusement une couverture sur le foin pour qu'elle et Calliope puissent s'installer sans se salir.

*C'est là où se trouve l'académie des licornes*, lui expliqua Calliope en éloignant les autres de l'étoile filante.

*Moi, je vais parcourir le réseau !* fit Dante.

*Et moi, je vais le parcourir plus vite !* s'écria Ralfie.

*Moi, je vais le parcourir avec une étoile filante*, dit Calliope avec un regard aimant à Kara.

Tweek escalada les magiciennes pour examiner le front de chacune des licornes.

– Il faut ramener ces licornes à Dalriada avant que leurs cornes ne poussent !

– Pourquoi ça, Tweek ? interrogea Emily.

– La première chose qu'on leur apprend, c'est d'accorder la magie à leur corne. Sans un vrai enseignement, ce serait désastreux. Oh misère de brindille ! ajouta-t-il, arrivé devant Dante. C'est terrible ! Regardez !

Tweek tremblait de toutes ses broussailles en désignant le front de Dante.

– Sa corne s'apprête à sortir !

*C'est vrai !* fit fièrement la licorne en levant la tête.

*Oooo !*

Ses camarades se concentrèrent pour essayer de faire pousser les leurs.

Tweek paniqua. Ozzie se jeta sur le M.E.

– Du calme ! Ne t'éparpille pas !

– Trente licornes ! C'est une puissance presque inconcevable ! Si elles ne contrôlent pas leur corne, le réseau entier sera déséquilibré ! Et moi, je ne suis qu'un débutant !

*Bang !* Le M.E. disparut dans une explosion de brindilles et de feuillages.

– Rapides, ses adieux, commenta Ozzie.

Violette se lova timidement contre Emily.

*Tu peux nous apprendre comment accorder nos cornes, Emily.*

*S'il te plaîîîît*, supplièrent les autres.

– On verra, répondit-elle en se frottant les yeux. Pour le moment, je suis épuisée. La nuit a été longue. Ozzie, je voudrais que tu restes ici.

– Comment ça ?

Mais la fin de ses protestations fut engloutie par les licornes qui vinrent s'attrouper autour de lui.

*Je vais rester aussi*, annonça Lyra.

*On a faim, Monsieur Poilu*, se plaignit Clio.

– Tu as parlé de les nourrir, si je me souviens bien, dit Emily en souriant.

*À manger ! À manger ! À manger, Monsieur Poilu !*

– C'est *Ozzie* ! protesta le furet. Bon, d'accord, je vais vous chercher des... euh... qu'est-ce que vous mangez ?

*De la nourriture pour licornes, quoi d'autre ?*

– Euh, rappelez-moi ce que c'est, déjà ?

*C'est facile*, dit Dante.

*De la rosée pure du matin*, commença Riannan.

*Une poignée de lumière d'étoiles*, continua Épicéa.

*Et n'oublie pas le miel frais !* ajouta maladroitement Electra.

Se léchant les babines, Pollo entra dans le groupe.

*Et il faut mélanger très exactement neuf fois au clair de lune.*

Ozzie resta bouche bée.

– Quelle quantité dois-je faire de cette chose ?

*Je pourrais en manger des tonnes !* s'exclama Flocon.

Tous les autres approuvèrent avec enthousiasme.

Laissant Lyra et Ozzie, les magiciennes exténuées retournèrent à leur chalet. Cette journée avait été remplie d'imprévus.

Emily leva la tête vers le ciel étoilé en songeant à ce que leur avait dit Tweek. Ces licornes avaient déjà attiré une magie puissante. Si leurs cornes poussaient, leur présence serait sans nul doute révélée.

Une simple amulette de protection ne leur servirait plus à rien. Et d'après Tweek, les pouvoirs combinés de magiciennes de Niveau Un n'avaient pas beaucoup de chance de résister aux créatures malveillantes qui rôdaient dans le coin.

Il fallait mettre ces licornes en sécurité. Leurs vies à tous en dépendaient, et Emily savait, en son for intérieur, que la survie d'Avalon et de tout le réseau magique en dépendait également.

# 10

Un soleil doré se levait à l'horizon sur le ranch des Joyeux Sabots. Les magiciennes, accompagnées de Rêveur, marchaient sans bruit, mais d'un pas vif, entre les chalets. Elles s'étaient levées à l'aube pour aller voir les licornes pendant que tout le complexe hôtelier dormait encore.

– Alors, quel est le plan ? demanda Kara à la guérisseuse.

– Aucune idée, OK ? répondit Emily avec plus de mauvaise humeur que prévu. Pardon. Tout ce que je sais, c'est que nous devons les ramener à l'académie avant que leurs cornes apparaissent.

– Et les dragonneaux ? demanda Adriane.

– Impossible, répondit Kara. C'est beaucoup trop loin.

Adriane soupira.

– On va devoir tenter notre chance avec la carte féerique.

– Vous avez entendu Tête de Brindille. Sans leurs cornes, elles ne peuvent pas ouvrir de passage, leur rappela Kara.

– Alors il va nous falloir autant de pouvoir de licorne que possible, conclut Adriane, les yeux sur la pierre de Kara.

– Ne me regarde pas, je n'arrive même pas à me faire des ongles roses sans que ma tête devienne verte. Et si je devais rendre ma pierre, finalement ? gémit-elle. C'était peut-être une erreur !

– Kara, cette pierre t'était destinée, la rassura Emily. Elle attire et amplifie la magie, exactement comme toi tu le fais naturellement. Elle n'est simplement pas réglée comme les nôtres.

– Et absorber toute cette magie féerique en battant le Skultum, ça n'a pas arrangé les choses, Raiponce, commenta Adriane.

– Oui, c'est pire, concéda Kara.

– On protègera ta pierre, déclara Emily. Et on te protègera aussi.

– On est toutes ensemble dans cette aventure, tu te souviens ? dit Adriane.

– D’accord, oui, conclut Kara docilement.

À leur entrée dans la grange, à part les chevaux, l’endroit semblait désert.

L’espace d’une seconde, Emily crut que tous les évènements de la veille n’avaient été qu’un mauvais rêve.

– Alors, c’est comment ? dit la voix d’Ozzie depuis le fond de la grange.

*Beurk !*

*Ooooo !*

Les licornes étaient rassemblées autour d’un seau débordant d’une concoction blanche et grumeleuse.

Armé d’une grande louche, le furet faisait goûter la mixture à Clio et Épicéa.

*Emily !*

Toutes les licornes s’attroupèrent autour des magiciennes.

Rêveur renifla le seau et secoua la tête.

– La nourriture pour licornes n’est pas une réussite ? demanda Adriane en réprimant un fou rire.

*Je préfèrerais manger des baies puantes !* gémit Riannan.

– Eh bien moi je trouve ça délicieux, déclara Ozzie en goûtant une pleine louche avant d’avoir un haut-le-cœur.

– Ozzie, toutes les licornes sont là ? demanda Emily.

Ozzie regarda autour de lui puis poussa Violette et Flocon au centre de la grange.

– Inspection des troupes ! Comme à l'entraînement.

Les licornes se rassemblèrent pour l'appel.

– Riannan, Épicéa, Violette, Clio...

Chacune répondit à son nom.

– ... Daphné, Kalinda, Ruby, Flocon, Lysandre, Phoebe, Boulie, Harvard, Mailai, Perceval, Dulcinée, Barnabus, Pierre, Sibby, Quincy, Cromwell, Elvis, Éole, Zoey, Riccardo, Celia, Electra...

Pas de réponse de la part d'Electra.

– Où est Electra ? demanda Adriane.

*Hé, où sont Dante et Ralfie ?* demanda Épicéa en jetant un œil aux box.

*Et Pollo et Calliope ?* ajouta Violette.

– Bon, il ne nous en manque que cinq, fit Ozzie en haussant les épaules.

– Et où est passée Lyra ? demanda Kara en essayant de contacter son amie par la pensée.

– Que personne ne sorte d'ici, ordonna Emily. Nous, on va chercher les autres.

Les trois magiciennes et Rêveur se précipitèrent à la porte... et tombèrent nez à nez avec Sierra.

– Sierra ! s'exclama Emily. Qu'est-ce que tu fais là ?

– Je travaille ici, répondit-elle en essayant de jeter un œil derrière les magiciennes.

Adriane et Kara lui bloquèrent la vue.

Derrière elles, on entendait des gloussements étouffés et des bruits de pas.

– Que faites-*vous* là ? voulut savoir Sierra.

– On s'est levées tôt pour aider aux corvées, improvisa Adriane.

– Eh bien, c'est très inhabituel de la part des clients, mais merci.

– Aaah ! s'écria Kara alors qu'Electra arrivait au petit trot juste derrière Sierra.

Les magiciennes se précipitèrent afin de lui bloquer une nouvelle fois la vue. La licorne essaya de passer le museau entre les filles.

– Vous vous sentez bien ? demanda Sierra.

– C'est juste qu'on... adore les corvées ! bégaya Kara.

Sierra secoua la tête et s'approcha du box d'Apache, Electra sur ses talons.

Adriane voulut la rattraper, mais la licorne trébucha et se cogna contre Sierra.

*Bonjour.*

La jeune fille sursauta.

– Mais d'où vient ce poulain ?

Les filles échangèrent des regards.

– Sa robe, poursuivit Sierra en se penchant pour examiner Electra. On dirait qu'elle scintille ! D'où tu viens, toi ?

*De Palenmarth, tout au nord du réseau.*

– Tiens c'est drôle, je jurerais qu'il a dit quelque chose, s'étonna Sierra.

– Haha, très drôle ! s'esclaffa Kara.

– Sierra, commença Emily, tu te souviens que je disais qu'un animal était en danger, hier ?

– Ah, c'était lui ? Il m'a l'air en parfaite santé pourtant.

– Oui, heureusement qu'on les a, euh, l'a retrouvé, balbutia Adriane.

Sierra fronça les sourcils.

– Il doit venir du ranch Triple A, c'est à au moins quinze kilomètres d'ici.

Elle sortit une belle pomme rouge de sa poche.

– Tiens, mon mignon.

*Ooh, merci. J'ai très faim.*

Une douzaine de têtes de licornes sortirent des box.

*Hé ! Nous aussi on veut des pommes !*

– Mais que se passe-t-il, ici ? demanda Sierra.

Les licornes reculèrent à la hâte.

– On peut tout expliquer ! s'écria Adriane.

– Ah bon ? s'étonna Kara.

– Combien y en a-t-il ? demanda prudemment Sierra.

– Oh, seulement quelques-uns, répondit Kara.

Vingt-quatre licornes ressortirent des box. Sierra resta bouche bée.

– Il faut que j'appelle Oncle Tex tout de suite !

– Non, attends ! s'écrièrent les trois magiciennes en chœur.

– Mais il faut les ramener au ranch Triple A !

– Il ne faut en parler à personne, Sierra ! lâcha Emily.

– Pourquoi ?

– Parce que..., commença Adriane.

– Tu sais que nous nous occupons de toutes sortes d'animaux à la réserve de Ravenswood, expliqua prudemment Emily.

– Comme Rêveur ? demanda Sierra en croisant les bras.

Les filles échangèrent un regard.

– Je sais reconnaître un loup quand j'en vois un, déclara Sierra. Mais je n'ai jamais vu de poneys comme ceux-là !

– Il arrive qu'on doive se charger de, euh, de races inhabituelles, dit Adriane.

– On s'est déjà occupées d'animaux comme ça avant, et on veut s'assurer qu'ils rentrent chez eux en toute sécurité, termina rapidement Emily.

Sierra ne semblait pas convaincue.

– Il faut nous faire confiance, Sierra, implora Emily. Promets-nous que tu n'en parleras à personne. C'est vraiment *très* important.

Sierra sembla réfléchir longuement.

– D'accord, conclut-elle. Je peux fermer la grange pour la journée, mais si personne d'autre n'entre, alors vous allez devoir nettoyer les box vous-mêmes.

– Merci, Sierra, dit Emily, soulagée.

– Et moi je vais chercher un tonneau de pommes. *Youpi !*

Sierra gloussa en regardant les poulains.

– J'ai vraiment l'impression qu'ils parlent. C'est idiot, non ?

– Complètement, approuva Kara.

En secouant la tête, Sierra sortit de la grange.

– Parfait ! s'exclama Kara. Maintenant il faut nettoyer !

– Elle est sympa, dit Emily. Et un peu de nettoyage ne va pas te faire de mal, Kara.

– Sierra est sympa, mais les autres le seront peut-être moins, commenta Adriane. On ferait mieux de retrouver ceux qui manquent à l'appel.

– Lyra a repéré Pollo et Calliope près du corral, les informa Kara.

– Parfait. Adriane, tu vas les chercher. Kara, tu vas voir vers le spa.

– Très bien.

– Et vous autres, vous *restez ici* ! ordonna Emily.

En courant entre les chalets, Emily faillit rater la robe tachetée de Ralfie. Il avait passé la tête par une fenêtre ouverte.

– Emily, te voilà ! appela une voix douce.

Oh, non, la marâtre. La guérisseuse s'arrêta net.

– Euh, salut.

– Je t'ai cherchée partout, expliqua Veronica, qui s'approchait accompagnée de Pollo.

*Salut.*

Emily ouvrit de grands yeux.

– Regarde ce que j'ai trouvé en chemin, dit Veronica. Il est adorable, tu ne trouves pas ?

– Quelqu'un d'autre l'a vu ? Enfin, où... que...

Du coin de l'œil, Emily aperçut Dante en train d'essayer de pousser Ralfie par la fenêtre.

– Je te l'ai amené tout de suite, reprit Veronica. Je crois qu'il est perdu.

Emily sourit, soulagée.

– Oh très bien, oui je vais m'en occuper.

– Je vais voir une galerie d'art en ville cet après-midi. Ça te plairait de m'accompagner ? demanda Veronica avec un sourire plein d'espoir.

– Euh... Je suis...

Emily s'apprêtait à répondre qu'elle était occupée, mais parvint à se montrer plus polie.

– J'ai mes copines et tout. Je dois vraiment y aller, maintenant, ajouta-t-elle alors que les longues pattes de Ralfie s'agitaient dans tous les sens.

– Oui, je comprends, répondit Veronica. Tu sais, Emily, j'espère vraiment qu'on pourra être amies, toutes les deux. Tu représentes tout pour David, et je comprends pourquoi, ajouta-t-elle en souriant.

– Merci, marmonna Emily, un peu mal à l'aise.

– Tu sais quoi, on se retrouve au barbecue tout à l'heure. Ça va être amusant.

– D'accord.

– Parfait. Alors à plus tard, conclut Veronica en s'éloignant.

Pollo souriait à Emily.

– Quoi ?

*C'est quoi un barbecue ?*

– Ce n'est pas pour toi. Allez viens, aide-moi à retrouver les autres.

# 11

Il était déjà tard dans l'après-midi quand les filles terminèrent de nettoyer les écuries. Quand elles furent certaines que toutes les licornes étaient là, elles chargèrent Ozzie de garder un œil sur elles, et sortirent de la grange.

– Vous voilà, les filles ! s'exclama David, qui arrivait avec Veronica. Qu'est-ce que vous faites ? Em, tu n'es allée à aucune activité.

– On était... euh...

– Elles aidaient Sierra à s'occuper de poneys, David, expliqua Veronica. Tu sais qu'Emily est vraiment douée avec les animaux.

– Oui, c'est certain, acquiesça fièrement David. Venez, je meurs de faim. Texas Slim nous a promis le meilleur barbecue du pays.

Les magiciennes les suivirent, l'eau à la bouche.

Le brasero était installé derrière le ranch près du corral. Il grésillait de côtelettes, steaks, saucisses et poulet. Les clients de l'hôtel étaient assis sur des bottes de paille autour d'un feu de camp. Tout le monde mangeait en bavardant joyeusement.

Texas Slim remettait du bois dans le feu.

– Venez remplir vos assiettes, les filles !

Sierra se tenait près de la table de pique-nique couverte de pichets de limonade glacée, haricots, salades et condiments.

– Comment ça se passe ? demanda-t-elle.

Emily remplit son assiette de salade, de haricots et d'un steak.

– Ça va. Merci de nous avoir couvertes.

– Quelqu'un va finir par s'en apercevoir. On ne peut pas les cacher éternellement là-dedans.

– Je sais. On va bientôt les ramener chez eux, j'espère, dit Emily avant d'aller s'asseoir avec son père et Veronica.

Le coucher de soleil orange, rose et violet fut doucement remplacé par un ciel bleu nuit. Les étoiles au-dessus de leurs têtes rappelaient à Emily le réseau magique. Les licornes étaient les seules créatures capables d'y galoper et de maîtriser la magie afin qu'elle se déverse aux bons endroits. Sans elles, qu'arriverait-il à toute la magie d'Avalon ?

– Que serait un barbecue sans histoires ni chansons ? s'exclama Texas Slim.

Sierra saisit une guitare.

– Je commence par une facile pour nous mettre dans l'ambiance.

Elle ajusta la bandoulière à son épaule, et plaça les doigts sur le manche.

Emily et son père échangèrent un sourire en pensant aux séances de musique qu'ils s'offraient quand ils étaient dans le Colorado... quand ils étaient encore une vraie famille, selon Emily.

Sierra se mit à chanter et tout le monde chanta avec elle.

Emily remarqua que son père et Veronica se tenaient la main et riaient ensemble. À sa grande surprise, elle n'était pas furieuse. Son père semblait sincèrement heureux. Pour la première fois depuis son arrivée, la guérisseuse se détendit un peu.

Sierra continuait de chanter, quand soudain...

*COUAAAC !*

Emily se redressa en sursaut.

*Emily, nous avons un problème*, dit la voix de Lyra dans sa tête.

*TUUUTE*

Sierra jeta un regard troublé à sa guitare, avant de continuer.

*Ce n'est pas ma faute !* criait Ozzie.

*Biip biiip*

*Couac !*

*Tuute !*

– Mais qu'est-ce que...

Emily regarda autour d'elle les clients en train d'éclater de rire. Ces sons ne résonnaient pas seulement dans sa tête. Tout le monde les entendait !

*Lalalaaaa !*

– Waouh, les coyotes ont l'air d'avoir sacrément faim ce soir, dit Texas Slim.

Une forme verte arrivait derrière les clients, tout au bout du camp.

*Qu'est-ce que c'était ?*

Une autre forme, *orange* cette fois, attira l'attention d'Emily.

Elle envoya un message télépathique à Adriane.

*SOS !*

*Je m'en occupe !* répondit celle-ci en s'élançant à la poursuite de la forme verte, Rêveur sur ses talons.

Emily se demanda pourquoi le loup n'était pas à la grange en train de surveiller les... *oh-ho.*

Un animal argenté trottait après le loup de brume.

– Fantastique ! Quelqu'un d'autre aurait un talent à nous faire partager ? demanda Texas à la fin de la chanson de Sierra.

*Zaaap !*

Kara cria quand sa pierre magique se mit à étinceler dans la nuit comme un minuscule feu d'artifice. Quand les étincelles s'éteignirent, ses cheveux étaient devenus des boucles violettes.

– Cool ! Un numéro de magie ! s'exclama l'un des clients en applaudissant.

Kara déglutit, mais retrouva vite ses esprits et fit la révérence.

– Et maintenant, je vais disparaître ! annonça-t-elle avant de s'enfuir en secouant sa tête colorée à l'adresse d'Emily.

– D'accord, alors nous avons eu une chanson et... une démonstration intéressante, mais à présent c'est l'heure des histoires de fantômes ! annonça Tex.

Emily s'excusa et fonça à la grange. En ouvrant la porte, elle sursauta.

Les licornes étaient rassemblées autour de ce qui ressemblait à un tourbillon.

– Que se passe-t-il ? demanda-t-elle.

Au centre du groupe, quelque chose étincelait.

Emily se fraya un chemin parmi les licornes. Au milieu se tenaient Dante, Boulie et Épicéa. Leurs robes n'étaient plus beiges mais argentée, verte et orange. Et au milieu de leur front brillait un cristal en spirale.

*Oh non !* Leurs cornes avaient poussé !

*C'est trop cool !* s'écria Dante en exhibant fièrement sa corne aux autres.

Un ballot de paille vola à travers la pièce. Adriane, qui arrivait, se baissa juste à temps pour l'éviter.

Ralfie était enveloppé d'une lumière vive. Quand la lumière se dissipa, elle révéla une robe d'un vert profond, avec des taches couleur cuivre. Sa corne brillait d'une lueur arc-en-ciel.

*Je suis trop beau !* s'exclama-t-il en bombant le torse.

La jument Domino, perplexe, se mit à flotter à quelques centimètres du sol.

– Arrêtez tout ! cria Emily. Écoutez-moi, il ne faut *pas* utiliser votre magie.

Les licornes s'interrompirent.

– Qu'est-ce qui vous est arrivé ? Vous êtes de toutes les couleurs !

*Ce sont nos vraies couleurs*, expliqua Ralfie. *Elles apparaissent quand nos cornes poussent.*

– Je croyais que les licornes étaient blanches, dit Adriane.

*Combien tu en as vu* ? la défia Ralfie.

– Seulement deux, admit-elle.

– Où est passée Kara ? demanda Emily en regardant partout autour d'elle. Kara ?

*Hé, où est Calliope ?* demanda Dante. *Et Mailai et Violette ? Et Electra ? Et Flocon ?*

– On fait l'appel ! annonça Ozzie.

– Pas maintenant, Ozzie ! s'écria Adriane.

Cacher trente bébés licornes qui ressemblaient à des poulains était une chose, mais combien de temps faudrait-il aux gens pour remarquer trente licornes multicolores avec de vraies cornes en cristal étincelant ?

*Venez au chalet !* dit la voix de Kara dans leur tête. *Dépêchez-vous ! On a une urgence !*

– Que tout le monde *reste ici* ! cria Emily en s'élançant vers la porte. Allons-y, Adriane.

# 12

Des hurlements suraigus perçaient la nuit quand Adriane et Emily entrèrent en trombe dans le chalet.

– Kara ? Ça va ?

*Salut.*

Electra, Daphné, Phoebe, Kalinda, Ruby, Dulcinée, Sibby, Zoey et Celia étaient étalées sur les lits, les coussins et les tapis, et avaient pris des teintes vert menthe à l'eau, bleu azur, lavande, et rouge coucher de soleil. Leurs cornes scintillaient.

– Oh ! fit Emily abasourdie.

– C'est quoi l'urgence ? demanda Adriane.

– Il nous faut plus de serviettes, cria la voix étouffée de Kara depuis la salle de bains.

– Qu'est-ce qu'elle a dit ?

– Je crois qu'elle parle de ça.

Emily souleva une pile de serviettes sur la commode et ouvrit la porte de la salle de bains... pour entrer dans une tempête de bulles. Violette et Clio étaient dans la baignoire et éclaboussaient partout. Flocon et Mailai se faisaient belles devant le miroir.

Assise au bord de la baignoire, un peigne dans la bouche, Kara coiffait la crinière de Calliope. Le sol de la pièce était jonché de bouteilles de shampoing, après-shampoing, bain moussant et gel capillaire. Un sèche-cheveux était posé sur le rebord du lavabo et il y avait des poils de licorne partout.

– Parfait. Dépose-les là, demanda Kara en taillant soigneusement la crinière de Calliope.

Emily sursauta.

– Calliope, tu es...

La robe de la licorne avait pris une magnifique couleur vert pastel iridescent.

– Verte ! termina Adriane.

– Et *tellement* belle, ajouta Emily.

Calliope rayonnait. Des étincelles vert pistache brillaient dans sa corne de cristal.

– Ne bouge pas ! lui ordonna Kara, qui était couverte de mousse de shampoing.

Violette et Clio sortirent de la baignoire pour s'admirer près de Flocon et Mailai.

– Vos cornes ! s'exclama Emily. Elles ont toutes poussé ! Je n'en crois pas mes yeux !

Violette était devenue d'un beau violet lavande, Flocon d'un blanc éclatant, Clio bleu turquoise et Mailai orange vif. Les autres femelles licornes se pressaient à la porte de la salle de bains pour montrer leurs belles cornes à Emily et Adriane.

– Vous êtes toutes si belles. Mais qu'est-ce que c'est que ce bazar ?

– Elles ne vont tout de même pas se présenter à l'académie sans être sous leur meilleur jour, expliqua Kara.

*Kara ne nous laisserait jamais traverser le réseau toutes débraillées*, déclara Electra.

– La première impression est la plus importante.

*Absolument !*

*Oh, Emily, on est tellement contentes !* s'exclama Flocon. *On va faire de la magie !*

*On va galoper sur le réseau !* couina Mailai.

Kara renifla un peu.

– Je suis tellement fière de vous, mes petites filles ont bien grandi.

La corne de Clio jeta un rayon couleur saphir qui fit voler une nuée de bulles de savon dans la pièce.

– Allez, ne restez pas plantées là, dit Kara aux autres magiciennes. C'est la fête ! On coiffe !

Adriane et Emily ne purent s'en empêcher : elles se prirent au jeu et se joignirent à la fête. Chacune armée de serviettes, elles s'affairèrent à sécher et brosser les licornes shampouinées.

Soudain, Kara leva une main, pensive.

– Attendez ! Il manque quelque chose. Je sais !

Elle sautilla jusqu'à la commode pour fouiller dans ses affaires et en sortir plusieurs chemisiers de soie.

– Ça fera l'affaire, annonça-t-elle en saisissant une paire de ciseaux et en fermant les yeux.

Bouche bée, Emily et Adriane l'observèrent découper ses précieux vêtements en longues bandes.

– J'aurai tout vu, glousa Adriane. Sa pierre a fini par la rendre folle, finalement.

– Même pas mal, répondit Kara en attachant des rubans et des nœuds de soie dans les crinières des licornes.

Tout le monde éclata d'un rire joyeux.

Mais un coup à la porte fit taire le groupe.

– Qui est là ? demanda Emily.

– Arg !

– Entre, Ozzie.

La porte s'ouvrit à la volée... mais le furet n'était pas seul. Quinze licornes mâles entrèrent en trombe.

*Hé !* protesta Clio. *C'est réservé aux filles !*

*Ouhlàlà, Clio*, dit Dante. *Tu es... jolie !*

Clio rougit.

*C'est vrai ?*

*Regardez ça, les filles !* s'exclama Ralfie en montrant fièrement sa robe verte tachetée de cuivre.

*Ooo Ralfie !*

Daphné, Zoey, Mailai et Dulcinée s'attroupèrent autour de lui afin de l'admirer.

– Vous êtes tous magnifiques, commenta Emily en faisant le tour de la pièce. Où est Riannan ?

*Elle ne veut pas entrer*, souffla Clio.

*Quelle rabat-joie !* s'indigna Épicéa.

– Hmm, une petite coupe ne te ferait pas de mal, dit Kara en caressant la houppette bleu argent de Pollo.

*Moi, je veux une coupe mulet !* demanda Ralfie.

– Je reviens, annonça Emily aux autres.

– Par ici pour le salon de beauté licorne de Kara ! s'exclama la styliste en montrant la salle de bains.

Ralfie et Dante plongèrent dans la baignoire sans demander leur reste.

*Les garçons !* s'indigna Clio.

Emily sortit dans la nuit fraîche. Les étoiles scintillaient comme des diamants dans le ciel. Par chance, leur chalet était un peu écarté des autres et personne ne pouvait voir la fête qui s'y déroulait.

Une tête de licorne apparut au coin du chalet, crinière rabattue sur les yeux.

– Riannan ? appela doucement Emily. Tu ne veux pas nous rejoindre à l'intérieur ? On s'amuse bien.

La licorne tourna sa tête dépourvue de corne.

*Non !*

– Alors je peux m'asseoir là un moment ?

*Sûrement...*

Emily s'assit sur le perron.

– Qu'est-ce qui ne va pas, Riannan ?

*Tout !* sanglota la créature. *Et si ma magie n'est pas assez bonne ?*

– Quand tu auras ta corne je suis sûre que tu chanteras merveilleusement, la rassura Emily.

*Je ne comprends pas... Tout le monde pense que je vais devenir la princesse.*

– La princesse ?

*Dans chaque génération une licorne devient un prince ou une princesse*, expliqua Riannan.

Emily resta interdite un instant. Elle n'avait jamais entendu parler de cela.

– Tu ne sais pas si tu l'es ou non ?

*Personne ne le sait jusqu'à ce que nos cornes soient accordées.*

Riannan s'assit à côté d'Emily.

*Et si je n'étais pas vraiment spéciale, en fait ? J'ai peur, Emily.*

La guérisseuse regarda la licorne dans les yeux, et commença son récit :

– Il n'y a pas très longtemps, je me suis retrouvée dans un endroit nouveau pour moi, sans aucun ami. J'avais peur. Plus peur que jamais.

Riannan observa attentivement Emily, qui poursuivit avec un sourire.

– Et puis j'ai rencontré Adriane, Ozzie, Rêveur, Lyra et Kara. C'est grâce à leur amitié que je me suis découvert une force inattendue. Je les aime tellement que je ferais tout pour eux. Et tu sais ce qui me fait le plus peur ?

*Quoi ?*

– J'ai peur de les décevoir, chuchota Emily.

Riannan baissa la tête.

– Mais je sais aussi qu'ils m'aiment, quoi que je fasse, quelles que soient mes erreurs. Alors j'essaie d'être la meilleure guérisseuse possible. Ce n'est pas grave d'avoir peur, poursuivit Emily. Mais tu ne sauras jamais ce que tu vaux si tu n'essaies pas.

Riannan hocha la tête.

– Princesse ou pas, ça n'a pas d'importance. On t'aime tous comme tu es.

Riannan réfléchit un instant, puis elle se leva et se tourna vers le chalet.

*Je ne te décevrai pas, Emily*, murmura-t-elle doucement.

– Allez viens. Entrons avant que Kara ne shampouine tout le ranch.

Elles pénétrèrent dans une cacophonie monstrueuse. Des oreillers volaient dans toute la pièce et il pleuvait des plumes partout.

*Quel bruit infernal !* cria Riannan.

Tout le monde se tut pour la regarder.

*Si vous comptez qu'on accorde nos cornes, il faut qu'on travaille ensemble.*

– Riannan a raison, intervint Emily en levant sa pierre arc-en-ciel qui se mit à émettre une note de musique. Les filles ? ajouta-t-elle en se tournant vers Adriane et Kara.

Les magiciennes l'imitèrent. La pierre d'Adriane brilla quand elle fredonna la note.

– C'est bien, Adriane. Maintenant à vous, dit Emily en se tournant vers les licornes.

*COUUAAC !*

La magie bouillonnait dans les cornes des licornes.

– Très bien, les encouragea Emily. Mais la technique n'est qu'une partie seulement de la musique. Il faut la *ressentir* de là, expliqua-t-elle en touchant la poitrine de Riannan.

– Ce qu'il vous faut, c'est une chanson à vous, suggéra Kara. Une que vous puissiez tous chanter ensemble pour concentrer votre magie.

*Ouais !* lança Épicéa qui se mit à faire la basse.

Dante et Clio ajoutèrent quelques sifflements syncopés.

Adriane battit le rythme sur la valise de Kara, qui se mit à chanter le premier couplet.

*C'est toi qui donnes le rythme*
*Ta mesure est notre hymne*
*Sois le tic, sois le tac*

*Sois comme la pluie qui claque*

Les licornes encouragèrent Kara, qui entama le deuxième couplet.

*Tu es la mélodie qui plane*
*Sur la brise océane*
*Chante-le fort, chante-le haut*
*Ton chant est comme l'oiseau*

Emily entonna le troisième couplet.

*C'est toi l'harmonie qui brille*
*Comme l'étoile qui scintille*
*Quand le soleil éclaire la lune*
*Allons danser sur les dunes*

Les licornes criaient de joie et Emily conduisit la chorale pour que tout le monde chante en chœur.

*Rythme, mélodie et harmonie*
*Avec la musique dans le cœur*
*On réussit la magie !*

– C'est ça, les filles ! cria Kara.

Elle se mit à danser avec Clio, Electra, Dulcinée, Flocon et Violette, qui secouaient leurs crinières.

– Maintenant les garçons ! appela Emily.

Dante, Ralfie, Pollo et Épicéa glissèrent par terre pour tourner sur eux-mêmes, bondir et taper du sabot.

Le chalet était rempli de la magie de la musique et de rires.

Les notes s'assemblaient en parfaite harmonie. Pendant une seconde, toutes les cornes s'illuminèrent en même temps, parfaitement synchronisées, comme les voix. Un arc-en-ciel magique tournoya au plafond en scintillant comme de la poussière d'étoiles.

– Bravo ! applaudirent les magiciennes.

*Toc ! Toc ! Toc !*

La magie s'évanouit.

– Qui ça peut être ? demanda Adriane en se levant pour regarder dehors sans rien voir.

– Hé ! En bas ! dit une voix.

– Tweek !

Le bonhomme de brindilles entra en écrasant ses chaussures de randonnée.

– Je n'arrive pas à y croire ! s'agita-t-il. J'étais en train de flotter entre les plans astraux en essayant de fusionner mes particules terrestres pour...

– En français, Tweek ! ordonna Kara.

– Le réseau est en bien pire état qu'on ne le pensait, gémit le M.E. Il y a de la magie sauvage partout. Qui a pu faire une chose aussi stupide... (Tweek regarda les magiciennes.) Par tous les arbres de la forêt ! Ne me dites pas que c'est vous ?

– On était censées libérer la magie, non ? lui répondit Emily.

– Mais pas autant ! Et en plus, je viens d'apprendre que les neuf cristaux magiques d'Avalon ont été balayés. Ils ont tous disparu !

– Ça ne présage rien de bon, s'aventura Adriane.

– De bon ? C'est proprement terrible ! Ces cristaux sont le seul moyen d'ouvrir les portes d'Avalon !

Les magiciennes échangèrent un regard.

– Les Magimentaires nous ont expliqué que nous devions ouvrir les portes d'Avalon, dit Adriane.

– Et que nous avons besoin d'une clé ! ajouta Kara.

– Il y en a bien une, annonça Tweek. Enfin... neuf. Enfin... zéro, maintenant ! Vous les avez toutes perdues en libérant la puissance des licornes !

– Ces cristaux sont neuf clés ? demanda Emily.

– Tous ensemble ils forment une unique clé. Ces cristaux sont chargés en magie. Avec toute la puissance qui se balade en liberté, le réseau va être complètement détruit !

*Mamaaaan !* gémit Épicéa.

Kara caressa la licorne paniquée.

– Ne t'inquiète pas. On est des guides chevronnées. On va les retrouver.

– Ces licornes doivent être entraînées au plus vite ! On a besoin d'elles sur le réseau pour contrôler toute cette magie jusqu'à ce qu'on retrouve ces cristaux.

Emily regarda ses amies, déterminée.

– Je crois que les licornes peuvent ouvrir le passage.

Cette annonce fut accueillie par un concert de protestations.

– On n'a plus le choix, dit Tweek. Je vais devoir leur expliquer le processus maintenant ! Ça peut prendre la nuit.

– La carte a été accordée pour s'ouvrir avec une magie spéciale : celle qui vient de ma pierre, dit Kara.

Elle sortit l'amulette d'argent de sa poche, toucha sa pierre et la carte féerique apparut dans les airs.

– Par la Grande Termite !

Kara désigna un chemin de passage qui brillait.

– Donc... tout ce qu'on a à faire, c'est trouver un nouveau chemin de passage pour Dalriada, et hop, on les remet dans le bus scolaire !

– Eh bien... oui..., commença Tweek, étonné de la perspicacité de Kara. Mais, mais, mais...

– Il va falloir aller dans le désert, déclara Adriane. Les passages peuvent être vraiment très grands.

– Exactement ! s'exclama Tweek, impressionné par la guerrière. Mais...

– Il vaut mieux attendre demain, conseilla Emily, et espérer que celui ou celle qui recherche les licornes perde leur piste.

– Précisément, bégaya Tweek. Heureusement, j'ai un GPS à passages, mais c'est tout de même risqué. Les passages sont très instables en ce moment. Sans une licorne expérimentée, voyager sur le réseau sera très dangereux.

*On peut le faire !* insista Pollo.

*Oui, on peut ouvrir le passage,* ajouta Dante.

*Oui c'est sûr !* cria tout le groupe.

– De toute façon, on ne peut pas prendre le risque de les garder plus longtemps dans la grange, dit Adriane.

Emily acquiesça.

– Elles peuvent rester ici ce soir. À la première heure demain matin, on va à Dalriada.

Les licornes s'entassèrent par terre toutes ensemble pour la nuit.

Violette se lova sous le lit d'Emily pendant que Calliope s'installait sur un oreiller de Kara.

Sous ses couvertures, Emily écouta les ronflements doux des licornes. Prêtes ou non, les magiciennes allaient devoir tenter de les ramener chez elles.

*Bonne nuit, Clio !*

*Bonne nuit, Violette !*

*Bonne nuit, Dante !*

*Bonne nuit, Emily !*

– Bonne nuit, Flocon !

*Bonne nuit, Calliope !*

*Bonne nuit, Monsieur Poilu !*

– Bonne nuit !

# 13

*La lumière fragmentée se reflétait contre les parois cristallines. Des toiles d'araignée givrées tremblaient légèrement, comme autant de fragiles sculptures de glace.*

Emily marchait dans une immense salle de glace noire.

Elle n'avait pas froid. Elle ne sentait... rien.

Des éclairs furtifs révélèrent un grand bloc qui trônait au centre de la pièce. Elle avança prudemment pour essayer de distinguer ce qu'il y avait à l'intérieur, mais elle n'y vit que de la fumée.

– Voilà donc la magicienne guérisseuse, dit une voix surprise, brisant le silence. Elle a l'air si... ordinaire.

– Comme toi... jadis, répondit une voix familière.

La première voix éclata d'un affreux rire grinçant.

– Ce que je suis devenue me convient.

– L'étoile filante suit son chemin, la guerrière peut être brisée, mais celle-ci... celle-ci est particulière.

Emily se retourna lentement. Deux silhouettes – deux créatures – encapuchonnées étaient assises sur une estrade surélevée, et l'observaient. L'une d'elles semblait grotesque, gonflée. Une cape couvrait son large torse comme un linceul et dissimulait mal plusieurs pattes osseuses.

– Et tu penses réellement qu'elle est capable de tisser la magie ? demanda la silhouette arachnéenne.

– Ces filles sont plus malignes que tu ne sembles le croire.

– Assez malignes pour te piéger ici.

Un rire maniaque emplit la salle.

– Plus pour longtemps.

– Qui êtes-vous ? demanda Emily.

– Elle sait que nous l'observons, susurra la première voix.

– Ce n'est qu'un rêve, répondit calmement la voix familière.

Emily se précipita vers la glace trouble afin de tenter d'en voir plus. Au fond des ténèbres, elle aperçut ce qui se trouvait à l'intérieur... une lumière frénétique jaillissant comme des flammes, émise par trente cornes de cristal.

Emily étouffa un cri.

*Sous l'enchantement de la magie noire, les licornes la regardaient sans la reconnaître.*

*Elle ferma les yeux pour trouver sa magie de guérison, en vain. Son cœur semblait anesthésié.*

*Emily leva sa pierre et eut un mouvement de recul. À la place de l'arc-en-ciel, elle portait un cristal de glace noire dont le centre pulsait d'une couleur rouge sang.*

*Les licornes se dirigèrent vers elle, à ses ordres, en attente de pouvoir libérer la magie noire sur le réseau.*

Emily ouvrit les yeux et grimaça. Elle avait le bras droit complètement engourdi. Elle découvrit Clio et Violette endormies sur elle. Elle les repoussa doucement pour libérer son bras, sortit du lit et enfila un jean et un sweat.

Dans la pénombre du matin, elle scruta la pièce. Il y avait des corps partout. La panique s'empara d'elle à cette vision cauchemardesque. Elle soupira de soulagement quand les licornes remuèrent, se réveillant de leur nuit.

– Emily, appela doucement une voix à l'extérieur du chalet.

Adriane l'avait entendue aussi. Elle bondit du lit superposé, réveillée et prête en une seconde, Rêveur à ses côtés.

– Emily, tu es là ? Il faut que je te parle ! implorait la voix de Sierra derrière la porte.

– Chut.

Emily posa un doigt sur sa bouche en escaladant la montagne de licornes.

– Emily, ça va ? demanda Ozzie, qui se creusait un passage en repoussant un sabot d'Épicéa.

*Couuuaaaac !* se plaignit la licorne réveillée en sursaut.

– Comment on arrête ce réveil ? demanda Kara en tapant sur le nez d'Épicéa.

Emily entrouvrit prudemment la porte du chalet et se glissa à l'extérieur.

Sierra avait l'air soucieuse.

– La grange est vide !

– Tout va bien, la rassura Emily. Les poulains sont en sécurité.

– Écoute, Emily, je sais que toutes les trois vous mijotez quelque chose. Il faut que tu me dises quoi.

Emily dévisagea Sierra, et prit une décision.

– D'accord, mais tu ne dois en parler à personne. Leurs vies sont en jeu.

Sierra hocha gravement la tête.

La pierre d'Emily et celle, turquoise, autour du cou de Sierra brillaient d'un même éclat.

– D'accord, fit Emily avant de se retourner vers le chalet. Adriane, Kara, je fais entrer Sierra.

La guérisseuse ouvrit la porte.

Sierra entra, bouche bée devant la horde de licornes multicolores qui l'observaient.

– Qu'est-ce que... enfin... mais ! bégaya la jeune fille. Qu'est-ce qui leur est arrivé ?

*Nos cornes ont poussé*, déclara fièrement Flocon.

– Ce ne sont pas des poneys, continua Adriane.

– Ce sont des licornes, expliqua Kara.

– Quoi ? Mais c'est impossible ! Ça n'existe pas, les licornes, protesta Sierra en observant Clio. N'est-ce pas ?

*On mangerait bien des pommes*, dit Pollo en bâillant.

– Elles sont tellement belles ! s'exclama Sierra.

Toute tremblante, elle sortit distraitement quelques pommes de sa poche.

*Merci*, dit Electra.

– J'ai l'impression de rêver. D'où viennent-elles ?

– Je t'expliquerai plus tard, mais il faut absolument les sortir de là tout de suite, lui dit Emily en la prenant par le bras. Tu veux nous aider ?

– Il faut les emmener dans un endroit isolé, précisa Adriane. Personne ne doit les voir.

– Arrow Rocks, suggéra Sierra, qui semblait toujours aussi fascinée. C'est à cinq kilomètres au sud.

– Tu as une idée de comment les faire sortir en douce ? demanda Adriane.

– C'est moi qui organise les randonnées ce matin. Je peux faire en sorte que tout le monde se dirige vers le nord. La voie devrait être libre.

– Bonne idée, approuva Adriane. Rêveur et moi on connait le chemin.

Sierra secoua la tête, émerveillée.

– Je savais que Ravenswood était un endroit particulier, mais j'ignorais à quel point !

Kara sourit.

– Bienvenue au club.

# 14

Les licornes avançaient en file indienne entre les chalets et les pistes de cheval. Comme Sierra l'avait promis, il n'y avait personne dans les parages.

En tête avec Adriane, Rêveur humait l'air, aux aguets. Kara marchait à côté du groupe et Emily refermait la marche. Ozzie et Tweek, sur le dos de Ralfie, surveillaient le désert. Lyra avait déployé ses ailes magiques et décrivait des cercles au-dessus d'eux.

*Tu crois que ce sera bien, l'école ?* demanda Calliope, sceptique.

– C'est sûr, répondit Kara. J'adore l'école. Il y a tous nos copains et c'est trop cool.

– Et on peut même y apprendre des choses, commenta Emily.

– Ah oui, ça aussi, concéda Kara.

– Vous allez être la meilleure promotion de toute l'académie ! dit Emily avec un grand sourire.

Les licornes bombèrent fièrement le torse et avancèrent un peu plus vite.

Mais le sourire d'Emily s'évanouit rapidement. L'immense désert s'étendait sous leurs yeux, vide et silencieux. L'endroit était trop ouvert, exposé à n'importe quelle attaque. Rêveur et Lyra ne sentaient pourtant aucun danger. Elles pouvaient y arriver. Il le fallait.

– Tout le monde est superbe, ce matin, commenta Kara en inspectant les troupes.

Calliope approuva, tête haute. Mais personne ne pouvait ignorer le découragement et l'inquiétude qui régnaient sur le groupe. Si la nuit dernière avait été joyeuse, à présent les licornes semblaient terrifiées.

Au bout d'un moment, le groupe s'engagea sur une piste qui contournait une série de collines couvertes d'herbe sèche. Au loin, un amas de hautes roches rouges formaient un cercle géant.

– C'est là, annonça Adriane. Arrow Rocks.

L'étrange cauchemar d'Emily lui tournait dans la tête. Elle avait un sentiment d'urgence, comme s'il n'y avait plus de temps à perdre.

Les rochers rouges pointaient vers le ciel comme de gros doigts et encerclaient un espace de la taille d'un terrain de football.

Les magiciennes firent avancer le groupe entre les pics battus par le vent.

– Allez, vite ! ordonna Emily. Tout le monde au centre. En position.

À l'intérieur du cercle de rochers, les licornes entourèrent la guérisseuse.

– Rêveur ? appela Adriane.

*Tout va bien*, confirma le loup.

*Ici aussi*, rapporta Lyra depuis le ciel.

La guerrière adressa un signe de tête à ses amies.

– D'accord, Kara, ouvre la carte féerique, dit Emily.

Kara sortit l'amulette argentée de sa poche.

Adriane et Emily levèrent leurs pierres. Les licornes se préparèrent à libérer la magie qui pulsait dans leurs cornes.

Kara ferma les yeux et se concentra.

– Sésame, ouvre-toi !

– Une incantation magique ! s'exclama Tweek.

Une bulle lumineuse se forma sur l'amulette. Kara recula pour laisser la carte féerique flotter devant elle.

Tout le monde observa les points brillants avec émerveillement.

Emily désigna le point qui étincelait le plus parmi les chemins d'étoiles.

– C'est celle-ci ?

– C'est le passage qui s'ouvre sur Dalriada ! s'exclama Tweek, qui sautillait dans tous les sens. Vite, dépêchez-vous !

– Concentrez-vous sur ce passage, leur dit Emily. Vous êtes prêts ?

Les licornes hochèrent la tête.

Les magiciennes brandirent leurs pierres. Celle de guérison émit une note cristalline. Adriane accorda la sienne à la perfection. Puis, ensemble, elles fredonnèrent la note.

*Couaaac !*

*Ding !*

*Lalalaaa !*

Les cornes se mirent à clignoter n'importe comment.

– Aaah ! couina Tweek. C'est affreux !

– Doucement, fit Emily en essayant de dissimuler sa nervosité. On réessaie.

Une magie brillante sortit des cornes, mais les notes étaient toutes fausses.

– Laissez la musique sortir naturellement, expliqua Emily.

Les licornes chantèrent plus fort. Leurs cornes lançaient de petits feux d'artifice.

Kara s'agrippa à sa pierre en voyant la carte féerique commencer à se dissoudre.

– Retiens-la, Kara ! cria Adriane.

– J'essaie !

Des rayons arc-en-ciel scintillaient au vent au-dessus de leur tête. Emily tentait désespérément de conduire la musique, mais les licornes semblaient avoir atteint les limites de leur niveau débutant en magie.

Kara hurla. Sa pierre s'embrasa quand la carte éclata dans l'air. Des fragments s'échappèrent de tous les côtés et l'amulette disparut.

– Que s'est-il passé ? demanda Adriane.

– Ça va, Kara ? interrogea Emily, qui scrutait les mains de son amie à la recherche de brûlures.

– Je ne sais pas, c'est comme si elle avait été surchargée. Moi ça va.

– Oh non, gémit Tweek. L'amulette est détruite !

Les licornes se turent, têtes baissées.

Puis Violette demanda :

*Comment on va faire pour rentrer chez nous ?*

Emily n'avait pas la réponse à cette question.

*On va trouver un autre moyen, Violette*, dit Riannan.

La panique empêcha Emily de sourire. Tout était sa faute. Elle avait affirmé qu'ils étaient prêts, mais ils ne l'étaient pas. Qu'allaient-ils faire, maintenant ?

Dans une bourrasque, un flash d'arc-en-ciel apparut. À la grande surprise du groupe, un minuscule passage s'ouvrit.

– Regardez ! haleta le M.E. Elles ont peut-être réussi, après tout.

– Il est beaucoup plus petit que le passage de Ravenswood, nota Emily avec une lueur d'espoir.

Le cercle s'étira jusqu'à atteindre la taille d'une grande porte. Des volutes de brouillard se répandirent sur le sable du désert. À l'intérieur du passage, un réseau d'un violet foncé scintillait dans le noir. Ça n'avait rien à voir avec le réseau que les magiciennes connaissaient.

– C'est quoi, ça ? demanda Kara en montrant des formes noires qui se tortillaient.

Rêveur se précipita vers Adriane.

*Magie. Mauvaise magie !*

– Restez groupés ! ordonna la guerrière en

enroulant les flammes dorées de sa pierre autour de son bras. Kara, Emily, à mes côtés !

Elles se postèrent dos à dos contre Adriane. Lyra se posa près de Kara en grognant.

*Couaaac !*

*Chut, Épicéa !* chuchota Riannan.

*Quelque chose approche !*

*J'ai peur !*

*Emily !*

*Ne les laisse pas nous faire de mal !*

*Chut, que tout le monde reste calme*, ordonna Riannan, tout bas.

Les licornes tremblaient en émettant toutes sortes de sons suraigus.

Le passage vibrait d'une lueur verdâtre dégoûtante.

– Ne bougez pas, dit Adriane en formant des cercles de feu, prête à défendre ses amis.

Sans prévenir, une boule de lumière verte jaillit du passage.

La pierre de Kara s'embrasa, projetant l'étoile filante au sol. Lyra bondit pour la protéger.

– Kara ! cria Emily.

Dans un flash, la boule verte s'ouvrit en une masse de filaments qui s'étendirent pour former un filet géant.

Adriane voulut le faire exploser mais il résista à sa magie. La masse verte prit toutes les licornes au piège.

*Aaaah ! Enlevez-le ! Emily ! Au secours !* hurlaient les licornes.

Emily se précipita vers elle pour agripper le filet.

– Adriane !

La guerrière et le loup de brume tentèrent à leur tour de le déchirer, en vain.

Les licornes étaient piégées à l'intérieur, sans défense.

– N'utilisez pas votre magie ! Vous ne faites que le resserrer ! cria Tweek.

– Comment faire pour l'ouvrir ? demanda Emily.

– C'est de la magie de gobelin. Il vous faut le sortilège d'inversement... en gobelin !

– Restez calmes, on va vous sortir de là ! cria Emily.

– Oh bon sang de bois ! hurla Tweek, qui menaçait d'exploser. Si ces licornes sont enlevées, ce sera la fin de notre réseau magique !

Devant eux, le passage semblait gonfler comme un ballon. Une violente tornade en sortit d'un coup. La bourrasque souleva le filet gobelin dans les airs sous les hurlements de terreur des licornes.

Adriane lança son fouet de feu doré pour accrocher le filet. Mais d'autres tornades de magie noire se lancèrent à toute allure sur elle et Emily.

– Emily !

Ozzie se précipita vers la guérisseuse.

– Oh misère de brindille, s'exclama Tweek, qui s'éparpilla dans toutes les directions en poussant Ozzie hors de la trajectoire d'une tornade.

Ozzie s'écrasa la tête dans le sable. Un tourbillon s'approcha de lui.

– Arg !

Quand la magie sauvage s'écarta de lui, le furet était affublé d'une énorme queue de castor.

*Oh non !*

*Monsieur Poilu !*

Adriane poussa Emily derrière elle tandis que Rêveur faisait face à la tornade suivante. La guerrière fit feu. Plusieurs tourbillons s'écrasèrent en pluie violette contre les rochers. Emily essaya de fournir plus d'énergie aux flammes d'Adriane, mais de nouvelles tornades ne cessaient d'arriver.

– Emily, attention !

La guerrière plongea en la poussant sur le côté.

Dans un grand éclair aveuglant, deux tornades se percutèrent, piégeant les deux filles à l'intérieur.

– Adriane ! hurla Emily, accablée par la puissance de la magie noire.

À travers la tempête, elle entrevit une silhouette dans le passage.

D'une seule enjambée, le chevalier en sortit. Il devait mesurer au moins deux mètres de haut, et son armure noire avalait le soleil et la chaleur. Derrière la visière de son casque, ses yeux fendus brillaient d'une lueur rouge. Il tenait un sceptre surmonté d'un cristal vert.

Emily ressentit la panique des licornes.

Le chevalier brandit son sceptre et fit jaillir un éclair. Puis, refermant le poing, il attira le filet à lui.

– Non ! hurla Emily.

*AAAH ! Emily ! Au secours !*

Le souvenir de Lorelei traversa l'esprit d'Emily en un flash. La licorne avait enduré d'atroces souffrances quand on lui avait coupé brutalement sa corne. Elle avait failli ne pas y survivre. Qui savait ce que ce chevalier maléfique ferait pour obliger les petites licornes à lui donner leur magie.

– Vous devez abandonner votre magie ! leur cria frénétiquement Emily.

C'était leur unique chance de survie.

*On vient juste de l'avoir !*

*NOOON !*

– Les licornes peuvent donner leur magie à qui elles veulent. Vous devez l'abandonner, je vous en prie ! C'est le seul moyen !

*Je ne te décevrai pas, Emily !* promit Riannan.

Le chevalier entra dans le passage, entraînant les licornes avec lui... et il disparut.

# 15

Au centre de la tornade, Emily se sentait prise dans un tourbillon de lumières. Sa magie volait en tous sens, impossible à contrôler.

– Emily !

Adriane tendit les bras vers son amie. Ses longs cheveux noirs volaient. Les deux jeunes filles se tenaient l'une à l'autre dans l'œil du cyclone.

– Ma pierre ne fonctionne pas ! s'écria Adriane.

*Sœur de meute*, hurla Rêveur.

– Rêveur, éloigne-toi ! lui ordonna Adriane.

Lyra et Kara parvinrent à s'éloigner du tourbillon. L'étoile filante essaya d'utiliser la magie de licorne de sa pierre. Des étincelles bleu et or jaillissaient de la tornade terrifiante qui emprisonnait ses amies.

Le vent devenait de plus en plus violent.

– Ta pierre ne fait qu'aggraver la situation ! cria Tweek, qui sautait partout.

– Alors fais quelque chose, toi ! lui hurla Kara.

– Il faut utiliser de la magie élémentaire !

– Où est-ce qu'on trouve ça ?

– Le loup de brume ! Il peut se transformer !

– Non, Rêveur, cria Adriane depuis l'intérieur de la tornade. C'est trop dangereux !

Mais Rêveur savait ce qu'il avait à faire. Il se changea en brume et fonça droit sur le tourbillon. Comme un bout de ficelle pris dans une toupie, la brume se mit à tournoyer.

– Où est-il ? Je ne le vois plus, s'inquiéta Adriane.

Des taches sombres apparurent autour du cyclone.

– Il essaie de reprendre forme à l'intérieur ! cria Emily.

– Il va être mis en pièces !

Avec un hurlement féroce, le corps de Rêveur se matérialisa dans la tornade.

Le tourbillon se mit à trembler violemment et dévia de son axe. Dans un dernier sursaut, le vent explosa en étincelles magiques qui se dispersèrent dans le ciel. Rêveur fut éjecté et atterrit en brume au pied d'un rocher.

Adriane et Emily retombèrent sur le sable, miraculeusement indemnes. Le vent élémentaire ne semblait pas les avoir affectées.

– Emily ! Adriane ! s'écria Kara en accourant. Vous allez bien ?

– Je crois, répondit Emily, qui se releva avec une agilité et un équilibre très surprenants.

– Rêveur !

Adriane voulut courir vers le loup mais trébucha. Se relevant, elle le rejoignit, tant bien que mal.

– Emily ! s'exclama Ozzie, qui approchait à grand-peine. Regarde ce qui m'est arrivé !

Le furet se pencha pour désigner son derrière. Une large queue de castor plate traînait derrière lui.

– Oh, non.

– Rêveur ! hurla Adriane.

Le loup de brume gisait au sol, haletant. Son corps ne cessait de passer à l'état brumeux.

– Il n'arrive pas à redevenir un loup ! Allez, Rêveur !

– Rêveur, tu peux le faire ! cria Kara.

*Je disparais, sœur de meute*, dit la voix fantomatique du loup de brume.

– Emily ! Fais quelque chose !

La guérisseuse s'agenouilla près de l'animal blessé. Des volutes de brume serpentaient sur le sol comme du sang. Emily leva sa pierre et voulut libérer sa magie de guérison, mais à la place il y eut une explosion de lumière.

Un éclair manqua Kara de peu avant de s'abattre par terre en laissant une trace roussie sur le sable.

Ozzie tomba en arrière, mais sa queue le rattrapa et le fit basculer la tête dans un trou.

*De la magie sauvage !* cria Lyra, qui s'envola.

La féline avait raison. De la magie sauvage s'était échappée des tourbillons et s'était insinuée dans des nuages bas pour leur donner des formes sombres. Les formes s'animèrent. Quatre paires de larges ailes se déployèrent sur des corps de chauves-souris géantes qui fondirent droit sur les magiciennes.

Adriane fit feu, mais pas assez vite. Deux créatures nuageuses la manquèrent de peu alors qu'elle plongeait maladroitement et s'étalait de tout son long dans le sable.

– Adriane ! cria Kara.

– J'ai... j'ai perdu l'équilibre, dit la guerrière en crachant du sable. Quelque chose cloche avec ma magie !

– Accroche-toi, Rêveur, implorait Emily en essayant d'atteindre la douleur et la peur du loup.

Mais c'était comme si sa connexion à la magie de guérison avait été interrompue.

– Je ne sens plus ma magie.

Les ombres de deux créatures apparurent au-dessus d'elle.

– Emily !

Ozzie roula et bondit devant la jeune fille, mais sa queue l'empêchait de tenir debout.

Le poing levé, Adriane fit feu de nouveau. Un filament de magie bleue jaillit faiblement dans l'air.

Les créatures l'évitèrent sans souci et attaquèrent Emily. Mais cette dernière roula pour les esquiver, étonnée par sa propre agilité.

Avec un grognement furieux, Lyra attaqua les chauves-souris. L'une s'écrasa contre un rocher, l'autre dans le sable. La féline se jeta sur les monstres pour les déchiqueter.

– Je ne comprends pas ce qui se passe avec ma pierre ! cria Adriane en lançant des rayons de magie sans force.

Rêveur gémit, essoufflé.

*Mauvaise magie.*

– Emily, attention !

Deux créatures revenaient à la charge.

Sans réfléchir, Emily roula et s'agenouilla, poings levés. Sa pierre émit un rayon de lumière dorée, mais il se courba et rata sa cible.

Emily regarda sa pierre, comprenant soudain ce qui s'était passé.

– Rêveur a raison ! Le tourbillon a échangé nos magies !

La guerrière s'écarta maladroitement des monstres.

– Alors il faut que tu te battes !

Emily forma un éclair doré mais vacillant. Les flammes s'enroulèrent dangereusement autour de son bras. Ce nouveau pouvoir étrange submergea tous ses sens. Il était plein d'une fureur qu'elle n'avait jamais ressentie auparavant.

Les monstres attaquèrent de nouveau.

Tant bien que mal, Emily fit feu.

– Respire, laisse la magie sortir doucement, et tire, lui conseilla Adriane.

Emily s'exécuta. Elle prit une grande inspiration, fit volte-face, et tira sur la créature. Le monstre explosa en morceaux de nuages.

Quand la dernière chauve-souris attaqua, Emily

lança un nouvel éclair qui fit dévier la créature sur la droite.

Lyra attendait au bon endroit. Elle déchiqueta le monstre.

Prudemment, Emily ramena la magie à elle.

– Emily ! cria Adriane, agenouillée près de Rêveur. Sauve-le !

– Adriane, tu as le pouvoir de guérison, maintenant, lui dit doucement Emily. C'est à toi de le faire.

La guerrière acquiesça en ravalant ses larmes. Elle posa ses mains incertaines sur Rêveur. Ses doigts traversèrent la brume et tombèrent sur le sable.

– Je n'y arrive pas !

– Tu dois utiliser tes sens. Tu es connectée à la magie des loups de brume.

Ozzie et Kara accoururent aux côtés d'Adriane. Elle se concentra. Sa pierre de loup émit une lueur bleue.

– Essaie de sentir la magie, la pressa Emily. Sens ta connexion avec Rêveur et les loups de brume.

Adriane s'ouvrit complètement et tendit tous ses sens vers le loup.

*Sœur de meute en danger*, résonna la voix de Rêveur dans sa tête.

*Rêveur, compte sur moi*, répondit Adriane, qui laissa ses pensées couler librement dans celles de son frère de meute.

*Le monstre va l'emporter, comme mère et père loups.*

*Solitude dans mon cœur.*

*Avec elle je suis le loup guerrier.*

*Va-t-il me quitter un jour, lui aussi ?*

*Sans elle, je suis un loup solitaire.*

*Abandonnée encore une fois par celui que j'aime le plus au monde.*

Adriane rejeta la tête en arrière et hurla. Les hurlements des loups tonnèrent dans le ciel en réponse. Le désert sembla s'évanouir tandis qu'elle se laissait emporter par le pouvoir du chant des loups.

*Cours avec nous, sœur louve !*

Elle courut, forte et libre, son corps scintillant laissant une traînée de feu. Les forêts éternelles défilaient autour d'elle, pleines de vie.

Adriane était entourée de loups de brume, des milliers, qui scintillaient comme des étoiles. Leur fourrure vibrait sur leurs muscles puissants, leurs yeux vert et or brillaient et leurs pattes puissantes piétinaient la terre.

La vue remplit Adriane d'une joie immense. Il n'y avait ni passé, ni futur. Seulement cet instant où les loups et la guerrière couraient ensemble. Elle sentit l'ancienne magie des loups de brume la traverser.

– Où suis-je ?

*Tu cours avec la meute des esprits.*

La meute des esprits ! Sa première sœur de meute courait avec cette meute, à présent. Était-ce possible que...

– Tonnerre ! appela-t-elle en scrutant les loups à la recherche de sa toute première amie. J'ai besoin de toi, Tonnerre ! S'il te plaît, aide-moi !

*Ta sœur de meute n'est pas là, guerrière.*

*Elle est perdue pour nous.*

Adriane haleta. Quoi ? Comment Tonnerre pouvait-elle être perdue ? Elle avait sauvé tous les loups de brume !

La meute et la guerrière étaient arrivées à l'orée de la forêt. Deux pistes couraient dans des directions opposées, une était une route d'étoiles bleues et scintillantes, l'autre un chemin de brume déchirée.

Adriane avait vu de ses yeux son amie se sacrifier pour sauver sa meute.

– Où est Tonnerre ? Où est ma sœur ?

*Suis ton cœur.*

Adriane se vit avec Tonnerre au sommet des collines vertes de Ravenswood. Elles étaient fortes et heureuses. Ravenswood était la seule maison de Tonnerre et elle manquait cruellement à Adriane.

Elle sentait presque l'odeur des forêts dans la douce fourrure chaude de la louve. Elle s'agenouilla, les larmes coulant sur ses joues. L'espace d'un instant éternel, elle sentit la force de son amie, un lien incassable entre deux louves solitaires. Elle ne courrait plus jamais seule.

*Je suis avec toi, guerrière, maintenant et pour toujours.*

– Je t'aime, murmura Adriane en serrant sa sœur perdue contre elle.

Elle ouvrit les yeux. Ses mains étaient posées sur l'épaisse fourrure de Rêveur. Son corps était redevenu solide, noir et brillant. Ses yeux émeraude la regardaient, pleins d'amour.

– Combien de fois vais-je devoir te dire de m'écouter ! le gronda-t-elle avant de sourire et de le serrer contre elle. Ne me quitte plus jamais.

*Je suis avec toi, maintenant et à jamais.*

– Tu as réussi !

Emily vint entourer la guerrière et le loup de ses bras.

– C'était sensationnel ! s'exclama Kara en les rejoignant, Lyra à ses côtés.

– Arg !

Ozzie fut attrapé au vol et embarqué dans le câlin général.

Tweek les observait, perplexe.

– Je dois avouer que vous, les magiciennes, vous faites une magie intéressante.

– Ça s'appelle un câlin, Tweek, expliqua Emily. Tu devrais essayer.

– J'ai suffisamment de problèmes comme ça, merci.

Rêveur se leva et s'étira fièrement.

– Comment faire pour récupérer nos magies ? demanda Emily au M.E.

Le bonhomme de brindilles feuilleta des images grâce à sa pierre.

– Je ne crois pas qu'il y ait de moyen.

– Je n'aurais jamais pu soigner Rêveur seule, avoua Adriane.

– Je ne pourrai jamais être une guerrière comme toi, admit Emily.

– Hé ! Je vous signale qu'être étoile filante, ce n'est pas une partie de plaisir non plus ! s'indigna Kara.

– Parce que vous croyez qu'être un furet *et* un castor, c'est facile, peut-être ? demanda Ozzie.

– Un fustor, commenta Kara.

– C'est ma faute, admit Emily. Si je n'avais pas poussé les licornes à ouvrir le passage, tout ça ne serait jamais arrivé.

– La situation est critique, acquiesça Tweek. Il faut avertir les Magimentaires et leur dire que ce chevalier a enlevé les licornes.

– C'était quoi cette chose, d'ailleurs ? demanda Ozzie.

– Je pense que c'était un chasseur, engagé pour ça.

– Engagé par qui ? interrogea Emily.

– Je ne sais pas. Mais il a une pierre très puissante.

Adriane croisa les bras.

– Il va falloir travailler avec la magie qu'on a pour le moment.

Un grondement inquiétant résonna dans le désert et fit trembler les rochers.

– Qu'est-ce que c'était ? demanda Kara.

– Bon sang de brindille ! balbutia Tweek en s'accrochant à sa pierre.

Au bout du cercle de rochers, l'air se tordit et se déchira. Un nouveau passage s'ouvrit. Immédiatement, une énorme masse en sortit et s'écrasa sur le sable rouge du désert.

Le filet gobelin.

À l'intérieur, les licornes ne bougeaient pas, elles semblaient hypnotisées. Leurs corps aux couleurs vives étaient à présent pâles, comme vidés. Aucune lumière ne brillait à leurs cornes.

– Oh non !

Emily se précipita vers elles.

La tête de Riannan tomba mollement contre le filet, ornée à présent d'une corne.

*Emily*, dit-elle d'une voix faible.

– Riannan ! Que s'est-il passé ?

*Notre magie... elle a disparu.*

## 16

— Saint Racine ! frissonna Tweek. Où est passée leur magie ?

Emily essaya de savoir si les licornes étaient blessées, mais sa pierre s'animait avec la magie de la guerrière.

*Ma corne*, balbutia Riannan en souriant faiblement. *J'ai eu ma corne, Emily.*

– Oui, murmura la guérisseuse, fière. Oui tu l'as eue.

Mais ce qui aurait dû être une magnifique corne de cristal était une spirale sans couleur, sans magie.

*Kara*, gémit Calliope. *Ma crinière est tout emmêlée.*

– Chut, tout va bien, dit Kara dont la pierre s'animait avec fureur. On va vous faire sortir de là.

Rêveur se mit à grogner devant la lueur verte qui émanait du passage.

– Qu'est-ce que cette plaisanterie ? tonna une voix.

Le chevalier apparut, la pierre de son sceptre pulsait violemment.

Lyra et Rêveur bondirent devant le filet.

Le chevalier tourna son casque à corne vers les magiciennes.

Adriane se releva pour lui faire face, mais Emily l'attira en arrière.

– Non, Adriane. Tu ne peux pas te battre maintenant.

Le chevalier leva son sceptre. Un rayon vert scanna le désert.

– Où est la magie des licornes ?

– Il ne l'a pas ! murmura Emily aux autres.

– S'il ne s'en est pas emparé, alors où est-elle allée ? demanda Adriane.

Elles retinrent leur souffle tandis que le rayon vert tombait sur leurs pierres. Il passa lentement sur les cornes des licornes sans même clignoter.

*Riannan a abandonné sa magie*, déclara Electra en s'agitant dans le filet.

*Nous aussi*, ajouta Ralfie.

*Riannan a dit que ça irait*, renifla Violette.

*Je l'ai abandonnée pour que le chevalier ne la vole pas*, dit Riannan à Emily.

– Où est-elle allée ?

*Je ne sais pas. Je n'ai pas pu la maîtriser.*

Emily paniqua. On lui avait confié la sécurité des licornes et maintenant leur magie avait disparu. Elle avait échoué lamentablement.

– Tweek, comment faire pour les sortir de là ?

Le chevalier pouvait récupérer son filet à tout moment.

– Il nous faut un grimoire gobelin. Quelqu'un en a un ?

– Non ! fit Ozzie en tapant sa queue par terre.

– Attendez ! s'exclama le M.E. Si on avait une pierre dont la magie ne fonctionne pas n'importe comment, on pourrait maîtriser la magie gobelin.

– Et celle-ci ? demanda Ozzie en montrant sa pierre de furet.

Le rayon du chevalier s'approchait de Kara.

– Dépêche-toi ! pressa Adriane.

Tweek feuilleta rapidement son MaRMag.

– J'ai plus de trois cents dictionnaires en deux cents langues différentes dans mon MaRMag, plus le GPS, dit-il fièrement.

– Arg ! cracha Ozzie.

Le rayon vert tomba sur Kara. La pierre du sceptre s'anima en détectant la pierre de licorne.

– Vous croyez pouvoir cacher la magie dans cette pierre, siffla le chevalier. Donnez-la-moi !

– Kara aurait récupéré la magie des licornes ? haleta Emily.

– C'est logique, répondit Tweek. La magie attire la magie.

– Ne t'approche pas d'elles ! résonna la voix de Kara.

Elle avança vers le bout du cercle de rochers avec Rêveur et Lyra pour éloigner le chevalier du filet. Sa magie de diamant étincelait autour de sa pierre.

Les licornes se relevèrent tant bien que mal pour regarder l'étoile filante.

*Ouais, Kara ! Vive l'étoile filante !*

Kara fit la révérence sous les encouragements des licornes.

– Me revoilà !

Un éclair vert jaillit du sceptre du chevalier.

– Aaah ! hurla Kara, encerclée par la magie noire.

Luisant d'une teinte verdâtre, l'étoile filante se transforma en une vieille banshee.

Les licornes sursautèrent.

Lyra gronda, prête à l'attaque.

– Lyra, reste près de moi. J'ai besoin de ton aide, ordonna Kara en écartant une mèche de cheveux gras de sa main noueuse. Personne ne touche à mes vêtements !

Poings levés, elle jeta un éclair de magie blanche droit sur le chevalier. Puis, tournant sur elle-même, elle se transforma en une petite lutine à oreilles pointues et aux cheveux turquoise.

– Ah, c'est beaucoup mieux.

*Wooohouu Kara ! Ouais ! Trop belle !*

– Bingo ! s'exclama Tweek en continuant de chercher le sort gobelin dans son manuel et en projetant des lettres dans l'air. Ozzie, essaie ça ! « Plitsri floob. »

Le furet leva sa pierre et lut la traduction.

– Touche ma barbe !

D'un coup, une longue barbe poussa au menton d'Ozzie.

– Mais qu'est-ce que...

*Monsieur Poilu est encore plus poilu !* crièrent les licornes.

*Youpi !*

*Mais non pas youpi !*

*Ah, oui c'est vrai.*

– Ce n'est pas ça, fit Tweek, pensif.

– On peut le dire, espèce de, de, de...

Ozzie claqua sa queue de castor par terre en tirant sur sa barbe.

– Donne-moi la magie, grogna le chevalier en jetant un rayon vert sur Kara qui la transforma en imp noir aux yeux rouge sang.

– Oh le noir ne me va pas *du tout*, gémit Kara-imp.

Elle agita les bras et se transforma en petit brindyle violet aux grands yeux lavande.

– D'accord, d'accord, essaie celui-ci, disait Tweek derrière le filet. « Rassrou migouimpe. »

– Répare ma chaussure ! cria Ozzie.

Au pied gauche du furet poussa une énorme chaussure rouge.

– Arg ! C'est ridicule ! Qu'est-ce que c'est que cette magie ?

– Oups, mauvais dictionnaire. C'est de la magie de farfadet.

Une fois de plus, le chevalier attaqua Kara. L'étoile filante contra le rayon avec sa lumière blanche. Les deux magies se rentrèrent dedans à forces égales. Ni Kara ni le chevalier n'arrivaient à prendre le dessus. C'était une impasse.

Rêveur et Lyra gardaient Kara et l'aidaient à concentrer sa magie.

– Tu ne pourras pas tenir éternellement, siffla le chevalier alors que l'étoile filante se transformait en un immense ogre hideux.

– Tu as raison, beugla la voix de l'ogre. Hors de question que je rate le bal du collège la semaine prochaine.

Avec force, elle projeta une onde sur le chevalier.

– Qu'est-ce que c'est que ça ? cria-t-il.

Le haut de son corps était à présent orné d'un débardeur rose qui allait à merveille avec les chaussons lapins à ses pieds.

– Ozzie, dépêche-toi ! s'impatienta Adriane.

– D'accord, essaie celui-ci, dit Tweek. « Ngop maj pimbo ! »

– Ouvre le congélo ! cria Ozzie.

Un tas de glaçons lui tombèrent sur la tête.

– On n'est pas loin, nom d'une brindille, couina Tweek. Concentre la magie avec ta pierre !

– Je vais te concentrer en paillis, ça ne va pas traîner ! menaça Ozzie.

– « Bimidi boutili aoool ! » cria Tweek.

Ozzie leva sa pierre.

– Libère les limaces... oh !

– Mais non, « aoool » !

– Libère les liens !

La pierre de furet s'embrasa.

– Oui !

Ozzie répandit rapidement la magie sur le filet. Les liens verdâtres fondirent et disparurent.

*Monsieur Poilu a réussi !* s'exclama Ralfie.

– Bien joué, Monsieur Poilu, dit Adriane.

Le furet passa la magie sur lui-même pour faire disparaître barbe et chaussure.

– Vite, maintenant ! s'exclama Emily en rassemblant le groupe en demi-cercle. Comme à l'entraînement.

*Mais comment ? On n'a même plus notre magie !* s'écria Dante.

*Et Kara est un...* Calliope regarda le duel magique. *Elle est quoi, exactement ?*

– C'était un coup bas ! protesta la voix de Kara depuis une masse de tentacules visqueux.

Elle se transforma en une magnifique princesse fée aux ailes argentées.

– Les ailes, c'est toujours tendance.

Mais Emily comprit que Kara commençait à perdre du terrain. Elle ne pourrait pas continuer le combat très longtemps.

Sous la puissance du chevalier, l'étoile filante se changea en gobelin vert, puis elle devint un petit brimbee à moustaches. Pour finir, elle se métamorphosa en un Skultum à écailles. C'était la créature dont elle avait absorbé le pouvoir de métamorphose.

Un éclair de panique traversa ses yeux de lézard.

– Je n'arrive plus à me changer ! À l'aide !

– Libère la magie !

Le chevalier recula son sceptre, extrayant la magie de la pierre de Kara. La lueur magique prit la forme du Skultum, un corps reptilien scintillant entre Kara et le chevalier, et fut absorbée par le sceptre.

Kara reprit sa forme habituelle, les yeux écarquillés de terreur. Elle leva sa pierre... mais rien ne se produisit. Elle ne pouvait plus se métamorphoser !

– Ce n'est pas la magie des licornes ! gronda le chevalier.

Kara était sous le choc. Le chevalier lui avait volé la magie du Skultum. Finalement, la magie des licornes n'était pas dans sa pierre.

Elle reprit rapidement ses esprits.

– Tu n'as quand même pas cru que j'allais cacher la magie des licornes là-dedans ? Oh, c'était *tellement* évident.

Agitant son sceptre, le chevalier fit apparaître trois tourbillons qu'il lança contre les magiciennes.

Adriane, Emily et Kara actionnèrent leurs pierres en même temps. Chacune frappa une tornade qui alla éclater contre un rocher. Les rochers tremblèrent, et fondirent.

Les licornes chantèrent quelques notes faiblardes.

*Ça ne marche pas*, cria Violette, désespérée.

Le chevalier continuait de lancer des tourbillons sur les filles.

– Hé, pourquoi tu ne t'attaques pas à quelqu'un de ta taille ! résonna la voix claire de Tweek dans le désert.

Le Magimentaire Expérimental se tenait juste derrière le chevalier, protégé par un des rochers.

– Hé, Tête de métal ! Essaie un peu de te frotter à un vrai Magimentaire.

Le chevalier lui lança un regard noir.

– J'aurai ton pouvoir, Magimentaire !

Emily avait peur pour Tweek mais elle savait qu'il était en train de gagner du temps pour elle. Elle se tourna vers les licornes.

– On ne peut pas utiliser notre magie seuls, mais on peut le faire tous ensemble.

– Tu ne peux rien contre moi ! criait le chevalier au M.E.

– Hmm, ce n'est pas faux. D'ailleurs, je laisse tomber.

Là où Tweek se tenait une seconde auparavant, apparurent des monceaux de brindilles et d'herbes sèches. Le vaillant M.E. avait explosé et s'éparpillait sur le sol du désert.

Le chevalier maléfique éclata de rire.

– Oh non ! cria Emily. Tweek !

Le chevalier tourna ses yeux rouges vers le groupe. À présent, plus rien ne pouvait l'arrêter.

# 17

Le chevalier leva son sceptre une nouvelle fois.

– On tire ensemble ! cria Adriane à Emily et Kara.

Des éclairs bleus, or et blancs s'entrelacèrent pour s'écraser contre les cyclones, qui ralentirent sans cesser de tourner.

*Riannan, qu'est-ce qu'on peut faire ?* demanda Pollo, inquiet.

La courageuse licorne ferma les yeux et se concentra.

*Ding.*

Un son, minuscule, mais stable, sortit.

*Qu'est-ce que c'était ?* demanda Dante.

*Sa corne a étincelé !*

*Je l'ai vue aussi !*

*Comment a-t-elle fait ?*

*On n'a pas besoin de nos cornes pour fabriquer de la magie !* leur expliqua Riannan.

– C'est exactement ça, Riannan, l'encouragea Emily. Vite, tout le monde !

Les trente licornes se concentrèrent mais n'arrivèrent à rien de concluant.

– Votre chant doit venir du cœur, dit Emily.

Les cornes s'animèrent.

*COUAAC !*

Une note assourdissante résonna dans le désert.

Épicéa leva la tête et en lança une nouvelle.

*Couac !*

– C'est bien ! s'exclama Adriane.

La cacophonie se mélangea pour former une onde sonore.

Les tourbillons se mirent à projeter de la magie sauvage dans tous les sens tandis que le cristal du chevalier vacillait.

Soudain, une note unique, forte, confiante et stable retentit.

C'était Riannan. La licorne levait haut la tête. Un arc-en-ciel vibrait de haut en bas dans sa corne et une mélopée s'en écoulait, douce comme du miel.

*Bravo, Riannan !* cria Ralfie.

Une autre note vint adoucir la mélodie de Riannan en harmonie parfaite.

La corne de Pollo se mit à son tour à briller d'une lueur argentée.

Les notes se répandirent autour du cercle, de plus en plus nombreuses, en parfaite harmonie. Même les hauts rochers vibraient en rythme.

– C'est parti ! s'exclama Kara en tournoyant.

Bougeant en rythme, les licornes se mirent à danser sur leur musique. La magie se promenait sur leurs cornes, et leurs robes reprirent leurs couleurs vives. Celle de Riannan ressemblait à un coffre au trésor, toute d'or et de diamants étincelants.

– Impossible ! rugit le chevalier. Elles n'ont aucune magie pour faire de la musique.

*Nous avons la musique dans le cœur !* chanta Riannan en souriant à Emily.

*Rythme, mélodie et harmonie*
*Avec la musique dans le cœur*
*On réussit la magie !*

Enveloppée par la musique, Emily ressentit une émotion familière. Quelque chose qu'elle croyait avoir perdu. Sa propre magie de guérison revenait à la vie, pure et vibrante comme la première fois qu'elle l'avait découverte. Emily chanta et sa magie embrasa sa pierre plus fort que jamais.

Le chœur des licornes allait crescendo, faisant cascader des arcs-en-ciel sur le cercle. Les tourbillons maléfiques explosèrent.

– Comment ont-elles récupéré la magie ? s'écria le chevalier. Aaah !

Une forme venait de se poser sur son casque. Un tas de brindilles et de feuilles séchées en glissa et atterrit sur son sceptre.

– Tweek ! cria Emily.

Le chevalier tenta de secouer son arme afin de se débarrasser du M.E. Mais Tweek tint bon et parvint à arracher la pierre verte.

Le chevalier bondit en avant.

– Par ici !

Ozzie courait sur le sable.

Tweek lui lança la pierre. Ozzie fit volte-face et frappa le projectile avec sa queue de castor pour l'envoyer à travers un des arcs-en-ciel magiques. La lueur verdâtre disparut, remplacée par une lumière blanche brillante.

Adriane bondit quand les flammes jaillirent de sa pierre de loup. Cette fois, elle ne trébucha pas. Son équilibre était parfait. Rêveur l'imita. La guerrière et le loup de brume s'apprêtèrent à se battre côte à côte. Adriane fit feu sur le chevalier.

Projeté en arrière par le choc, il s'écrasa contre un rocher.

Emily leva les mains pour conduire le chœur des licornes. Les magies des magiciennes se mêlèrent à celle des licornes pour se retourner contre le chevalier.

Un hurlement perçant sortit du casque, très différent de la voix rauque du chevalier. C'était la voix de quelqu'un d'autre.

Le chevalier tomba à terre, son armure noire grinça et il ne bougea plus.

Les dernières notes de la mélodie retentirent dans le désert.

– Bravo ! s'exclama Tweek, qui sortait de derrière un rocher.

– Tweek ! s'écria Emily. On croyait que tu avais explosé !

– Naturellement. Ça faisait partie de notre plan.

Ozzie arriva derrière lui et lui tapa dans sa main brindille.

– Je dois avouer que nous nous en sommes bien sortis, dit Tweek au fustor.

– Qu'est-ce que vous avez mijoté, tous les deux ? demanda Adriane.

– J'ai fabriqué un faux Tweek, expliqua Ozzie. Et j'ai utilisé ma pierre pour donner l'impression que c'était le faux qui parlait.

Les magiciennes étaient épatées.

Les licornes l'acclamèrent. Ralfie se baissa pour prendre le fustor sur son dos et le faire sauter en l'air.

– Arg ! Vous ne pouvez pas vous contenter de me décerner une médaille ?

Tweek s'approcha du chevalier.

*Est-ce qu'il est mort ?* demanda Electra.

– Si on veut. Sans sa pierre, il n'y avait plus rien pour l'animer, dit Tweek.

– Voyons voir qui est notre invité mystère.

Adriane et Rêveur s'agenouillèrent vers l'armure sans vie. La guerrière souleva prudemment la visière du casque.

Le groupe sursauta en découvrant l'endroit où aurait dû être la tête.

Emily n'en croyait pas ses yeux.

– Il est vide !

– C'était un golem, expliqua Tweek.

– Un quoi ? demanda Kara.

– Un objet inanimé auquel on a donné vie et qu'on peut contrôler grâce à la magie.

– Comme une marionnette, dit Adriane.

– Tout à fait.

– Donc quelqu'un d'autre le manipulait ? questionna Kara. Comment ?

– Grâce à ceci !

Tweek désigna le cristal du chevalier. Il flottait dans les airs, traversé de prismes arc-en-ciel.

– Sacré Bourgeon. Je vais être promu vrai-mentaire !

– C'est quoi ? demanda Emily.

– C'est un cristal de puissance ! L'un des neuf qui ont disparu d'Avalon.

Les licornes et les magiciennes observèrent le fantastique cristal.

– Waouh, fit Kara. Il est incroyable !

– Tout le réseau va rechercher ce petit bijou, et c'est nous qui l'avons ! dit joyeusement Tweek avant de s'arrêter net. Bon sang de brindille.

Un éclair fendit l'air. Un cercle de lumière apparut, rempli de brume. Derrière, des filaments d'étoiles s'étendaient sur le réseau. Deux silhouettes sombres s'approchèrent de l'ouverture du passage, prêtes à en émerger.

– Attention !

Adriane dressa un bouclier autour du groupe.

– J'ai l'impression que quelqu'un l'a déjà retrouvé.

# 18

De la musique se déversa du passage, une belle chanson d'amitié.

Emily la connaissait – elle ne l'aurait oubliée pour rien au monde, tout comme elle n'avait jamais oublié l'élégante créature qui était en train d'arriver par le passage entre les mondes. Une licorne blanche posa les pattes sur le sable du désert.

– Lorelei ! Je n'arrive pas à croire que c'est vraiment toi !

La guérisseuse enfouit le visage dans la crinière soyeuse de la créature.

*Tu m'as tellement manqué, Emily*, sonna sa voix délicate.

Les jeunes licornes se précipitèrent pour entourer les magiciennes et la nouvelle venue.

*Oooh, une licorne !*

*Elle est si belle !*

*Vous venez de Dalriada ?*

*Vous avez des pommes ?*

– Par le grand arbre ! dit une voix rocailleuse derrière eux.

C'était une créature qui ressemblait à une version un peu plus grande de Tweek, faite de branchages, d'épaisses feuilles et de morceaux de terre.

– Maître Gwigg ! Quelle chance ! Regardez ! Nous avons retrouvé l'un des cristaux de puissance !

– Félicitations, Tweek, bruissa la voix du Magimentaire de la terre. Il sera mis en sécurité jusqu'à ce que les autres soient retrouvés.

Lorelei se tourna vers les jeunes licornes.

*Vos cornes sont déjà accordées !*

*On n'aurait jamais pu le faire sans Emily*, déclara Riannan.

– Lorelei doit amener immédiatement la nouvelle classe à l'Académie des Licornes, expliqua le Magimentaire. C'est l'une des meilleurs professeurs que l'école ait eus.

– Génial, dit Emily en souriant.

– Comment ça se passe à Aldenmor, Gwigg ?

questionna Adriane. On n'a plus de nouvelles de Zach ni des loups de brume depuis des semaines.

– Grâce à vous trois, Aldenmor se remet paisiblement. Le Jardin est en fleurs et vos amis se plaignent sans cesse que vous leur manquez.

Adriane eut un grand sourire.

– Rêveur a l'air en pleine forme, observa Gwigg.

*Loup guerrier !* aboya-t-il, faisant bruisser les brindilles du Magimentaire.

Adriane serra Rêveur contre elle.

– La magie de guérison d'Emily m'a aidée à le soigner.

– Partager la magie vous a rendues plus fortes. Sire Ozymandius, tu as changé également.

– Oui, j'accorde ma pierre, moi aussi ! annonça fièrement le fustor.

– Oh, je voulais parler de ceci.

Gwigg désigna la queue de castor géante.

– Arg ! Vous pouvez faire quelque chose ?

– Je peux te donner le choix. Tu peux retrouver ta queue d'origine et rester un furet.

– Ou ?

– Ou tu peux devenir un castor.

– ARG ! fit Ozzie, les yeux exorbités. Je prends déjà suffisamment de poids comme ça ! Je choisis le furet, merci bien !

Un rayon de magie vert mousse jaillit des bras branchus de Gwigg pour entourer le derrière d'Ozzie.

– Qu'est-ce qui se passe à l'arrière ? demanda le furet, alarmé.

– Une queue de furet en bonne et due forme ! l'informa Tweek.

Kara s'agrippait à sa pierre de licorne.

– Et ma magie ? demanda-t-elle. Est-ce qu'elle a disparu ?

Le Magimentaire se tourna vers elle.

– Il y a une grande magie en toi, étoile filante. Mais tu dois être patiente. L'accorder est un processus qui dure toute une vie. Avec de l'entraînement, et l'aide de tes amis, tu seras peut-être un jour capable de maîtriser la magie de fée qui est en toi.

Kara n'eut pas l'air convaincue.

*Où étiez-vous ?* demanda Pollo à Lorelei.

*On a failli se faire dévorer*, ajouta Violette.

*À cause de l'état d'urgence du réseau, toutes les licornes sont occupées dans leur secteur. Nous avons dû envoyer les centaures vous chercher pour vous amener à l'académie*, expliqua Lorelei. *L'amulette de protection contenait une sécurité intégrée qui devait vous téléporter jusqu'aux magiciennes en cas de problème.*

*Comment tu as su qu'on avait toujours notre magie ?* demanda Dante à Emily.

– Le chevalier ne l'a pas trouvée parce que vous croyiez ne plus l'avoir. Mais la magie a toujours été là, dit la guérisseuse en souriant à Lorelei. Il fallait juste croire en vous.

*La magie est particulièrement forte en toi, Prince Pollo*, dit Lorelei.

La houppette de Pollo se souleva.

*Prince ?*

Sur son front, une étoile scintillait à présent sous sa corne.

*Pollo ! C'est lui le prince ! Bien joué, Pollo !*

*Bon sang de brindilles !* s'exclama Pollo.

*Félicitations, Pollo*, dit Riannan, l'air un peu déçue. *Tu seras un excellent prince.*

*Et toi une excellente princesse, Riannan*, ajouta Lorelei.

Tout le monde regarda le front de Riannan.

Pollo ouvrit de grands yeux.

*Riannan, tu as la marque royale aussi !*

*Ah bon ?*

– C'est incroyable ! s'écria Tweek, désorienté. Je n'ai jamais entendu parler d'un prince *et* d'une princesse en même temps !

– C'est un excellent présage, bruissa Gwigg. Deux chefs licornes pourront maintenir doublement la force de la magie sur le réseau.

Emily serra Riannan dans ses bras.

– Tu seras une merveilleuse princesse. Je le sais.

*Je ferai toujours de mon mieux.*

– Je suis si fière de vous tous, déclara Emily aux licornes.

– Eh bien, rentrons tous à Aldenmor, annonça Tweek.

– Tweek, lui dit Gwigg, tu es le tout premier Magimentaire conçu pour rester sur terre. Ta mission n'est pas achevée. Il reste encore huit cristaux à retrouver. C'est impératif.

Le petit M.E. frissonna.

– Gwigg, intervint Emily, est-ce que Tweek peut rentrer avec nous à Ravenswood ?

– Toute la réserve serait ta maison, ajouta Adriane.

– Un peu de mousse d'arbre de Ravenswood rehausserait le quartz de tes yeux, commenta Kara.

– Dans les jours à venir, les magiciennes vont devoir faire face à des défis extrêmement difficiles, Tweek, dit Gwigg.

– Alors, je..., bredouilla Tweek.

– Enfin quelqu'un à ma taille ! dit Ozzie. Rejoins notre équipe, Tête de bois !

Tweek hocha la tête.

– Très bien.

Ozzie lui tapota l'épaule.

– Génial ! Qu'est-ce que tu manges, au fait ?

– Manger ? Mais rien.

– Parfait ! Ça en fera plus pour moi !

Gwigg s'approcha des magiciennes.

– Les licornes vont tout faire pour stabiliser la magie. Mais vous devez absolument retrouver les cristaux de puissance manquants et ouvrir les portes d'Avalon.

– Savez-vous où sont les autres cristaux ? demanda Emily.

– Nous pensons que l'un d'eux se trouve dans les Royaumes Féeriques, répondit le Magimentaire. Ils vont attirer de grands pouvoirs magiques.

Le cristal de puissance flottait entre les brindilles de Gwigg.

– Celui-ci s'est retrouvé près de l'Autremonde. La Magicienne des Ténèbres et ses alliés l'ont utilisé pour contrôler un golem – le chevalier qui a tenté d'enlever les licornes. Ils vont essayer de trouver les autres.

Les magiciennes échangèrent des regards inquiets.

– Il y a beaucoup à faire, dit Gwigg en se tournant vers le passage. Nous devons nous y mettre sans tarder.

Emily serra chaque licorne contre elle.

– Vous allez me manquer.

*Tu seras toujours notre prof préférée*, lui répondit Violette, lovée contre elle.

*J'espère que vous viendrez à notre concert de fin d'études !* s'exclama Épicéa.

Kara renifla en arrangeant la houppette vert pâle de Calliope.

– Rappelle-toi de bien vérifier ta crinière et ta queue avant d'entrer en classe pour être parfaite toute la journée !

*Un jour, nous parcourrons le réseau ensemble !* affirma fièrement Calliope.

– Tout juste !

Kara fondit en larmes.

– Oh non, Kara, arrête, tu vas me faire pleurer, dit Emily en serrant Riannan et Pollo contre elle.

Adriane fit un câlin géant avec autant de licornes qu'elle le put pendant que Rêveur et Lyra saluaient les autres.

Ralfie et Dante s'approchèrent d'Ozzie.

*Tu vas beaucoup nous manquer*, dit Ralfie.

Toutes les licornes entourèrent le furet.

– Allez, allez, il est l'heure, pressa Ozzie en agitant les pattes vers le passage. Déguerpissez, petites vermines !

*Salut, Monsieur Poilu.*

*On t'aime !*

Une par une, les jeunes licornes sautèrent dans le passage. Lorelei se retourna vers Emily avant de les suivre.

*À la prochaine fois, Emily.*

– La magie est en vous, maintenant et à jamais, souffla Gwigg.

Les magiciennes firent signe au groupe jusqu'à ce que le passage se referme et disparaisse.

Emily aperçut Ozzie, dos tourné dans un coin.

– Ozzie. Tu pleures ?

– Mais non pas du tout ! renifla le petit furet.

– Elles vont toutes nous manquer, dit-elle en étouffant un sanglot avant de soulever Ozzie pour le serrer contre elle.

# 19

Emily tapota le cou de Domino alors qu'elle et les douze autres cavaliers exécutaient les derniers mouvements du spectacle équestre du haras des Joyeux Sabots. Alignés au centre de l'arène, d'un mouvement fluide, tous les chevaux baissèrent la tête pour faire la révérence.

Sierra chevauchait Apache devant le groupe. Le cheval se pencha sur ses pattes avant en hennissant joyeusement.

– Bon travail, Domino ! dit Emily à sa jument noir et blanc.

Domino semblait ravie de sa performance.

Les spectateurs applaudirent à tout rompre depuis les gradins de bois. Emily sourit en apercevant son père et sa belle-mère lui faire signe. David avait un bras autour de Rêveur. Ozzie mastiquait un hot-dog à côté de Veronica.

C'était encore un peu bizarre de voir son père avec Veronica. Emily avait eu si peur que sa nouvelle femme ne l'éloigne d'elle, mais elle avait compris que ça n'arriverait pas. Comme sa magie, le lien qu'elle partageait avec son père durerait pour toujours. Rien au monde ne pourrait changer cela.

– Ça te dit, une balade ? demanda Adriane en grattant les oreilles de son cheval Taco.

Il était presque entièrement blanc à part quelques taches noires et une queue noir et blanc.

– Je compte passer mon dernier jour immergée dans la boue pour retirer toute cette saleté de sous mes ongles, prévint Kara.

Elle caressa la crinière blonde de son cheval blanc et ajusta son chapeau de cowboy.

Le spectacle terminé, les cavaliers suivirent Sierra à l'extérieur du corral.

– Vous avez été super ! les complimenta Sierra. Je suis trop contente qu'on ait pu passer un peu de temps ensemble.

– Merci encore pour ton aide, lui dit Emily.

On n'aurait jamais pu ramener les licornes chez elles, sans toi.

Sierra secoua la tête.

– N'oubliez pas. Vous avez intérêt à me raconter tout ce qui se passe à Ravenswood.

Kara observa la pierre turquoise au collier de Sierra. Elle semblait presque briller.

– Ta pierre a l'air de plus en plus magique.

– Depuis l'arrivée des licornes, j'ai l'impression d'être plus en phase avec elle, chuchota la jeune fille.

Les trois magiciennes échangèrent un regard perplexe.

– Promets-nous de nous écrire et de nous tenir au courant pour cette pierre, lui dit Emily.

– Ou toute autre nouveauté magique, ajouta Adriane.

– C'est promis, conclut Sierra en menant les chevaux à l'écurie. On se retrouve au dîner d'adieu ce soir. Sauf si une horde de dragons débarque, bien sûr.

– Ne t'inquiète pas, dit Adriane. Les dragons voyagent toujours seuls.

– Du moins les gros, grogna Kara. Mais les plus petits se déplacent en meute.

– C'est vrai, approuva Adriane.

Sierra ouvrit de grands yeux.

– On sera au dîner, Sierra, promit Emily.

Les magiciennes allèrent retrouver les adultes et Rêveur.

– C'était super, les filles ! les félicita David.

Veronica portait un furet gavé, à plat ventre sur son épaule.

– Emily, tu as été géniale.

Emily sourit timidement à sa belle-mère.

– Merci.

– Au fait, Veronica a eu une super idée, reprit David. Une petite excursion au zoo du désert !

– David, l'interrompit Veronica. Seulement si les filles veulent y aller...

– Ce serait chouette, dit Emily.

Les yeux de Veronica étincelèrent.

– Ils ont toutes sortes de plantes rares et des tas d'animaux.

– Ainsi que des serpents et des araignées, ajouta David avec un clin d'œil.

– Cool ! fit Emily.

– Trop bien ! insista Adriane.

– Beurk ! protesta Kara.

– Tu as tellement de chance d'avoir d'aussi bonnes copines, dit David à sa fille.

– Je sais. Papa... je suis vraiment contente pour toi.

– Merci, ma chérie.

Emily sourit. « Amusant », pensa-t-elle. Elle avait été terrorisée de rencontrer sa nouvelle belle-mère, mais elle avait trouvé le courage de surmonter sa peur, et c'était beaucoup mieux qu'elle se l'était imaginé.

Elle aurait besoin de toute cette force nouvelle pour faire face aux obstacles qui allaient se dresser sur son chemin. Comment étaient-elles censées ramener neuf cristaux de puissance à Avalon alors que les Magimentaires eux-mêmes ne savaient pas où huit d'entre eux se trouvaient ? Comment trois magiciennes de Niveau Un, enfin, quatre avec Ozzie, parviendraient à maîtriser suffisamment leur propre magie pour sauver celle d'Avalon ?

Mais en regardant sa famille et ses amis, Emily était sûre d'une chose. La magie brûlait en elle plus fort que jamais. Et, comme sa meilleure amie guerrière, elle se battrait toujours pour ce en quoi elle croyait.

– Vous savez que le zoo du désert possède toute une collection d'espèces uniques ? dit Veronica en tapotant le dos d'Ozzie.

David hocha la tête.

– Je parie que vous y verrez des animaux comme vous n'en avez jamais imaginé auparavant.

Emily, Adriane et Kara échangèrent un regard complice. Leurs pierres magiques étincelaient vivement sous le soleil du désert.

Emily sourit à son père et à sa belle-mère.

– Vous pourriez être surpris.

# Épilogue

À travers les parois de glace noire, le paysage désolé tremblotait comme un mirage spectral. Des nuages gris passaient sur des champs stériles, jonchés de quelques arbres épars.

– Cet endroit a un certain charme, ne trouves-tu pas ?

La Magicienne des Ténèbres se retourna vers sa vieille amie dans la prison de glace.

– Tu viens juste d'arriver.

Une cape recouvrait le visage de l'Arachnée, mais en dessous luisaient des yeux jaune et vert.

– Ce traître de Gardener m'a enfermée ici il y a des années.

– Crois-moi, nous sommes en bien meilleure position ici que là où se trouve Gardener en ce moment.

L'Arachnée se tourna subitement vers la Magicienne des Ténèbres.

– Tu as dit que tu me sortirais d'ici !

– Et tu as dit que tu pouvais contrôler ce golem.

L'Arachnée trembla. Ses doigts minces coururent sur la tenture qui tapissait le mur de glace. Des filaments de soie dessinaient des motifs, comme une peinture sur une toile.

– Ce golem était le mieux que je puisse faire, dit tristement l'Arachnée.

L'image du golem s'étalait sur le tissage au mur.

– Les magiciennes ont détruit mon œuvre.

L'espace d'un instant, la sorcière ressentit de la pitié envers cette triste créature.

– Je ne voulais pas te vexer, Sylvan.

– Tu n'as jamais pu maîtriser ces cristaux, siffla l'Arachnée.

– Écoute-moi.

La Magicienne des Ténèbres devait se montrer prudente. Son amie était instable, son esprit s'effilochait comme le réseau.

– Pendant que le chaos règne sur le réseau, nous pouvons ouvrir les portes d'Avalon. Utilise les pouvoirs que tu as acquis. Regarde le réseau, et raconte-moi ce que tu vois.

Les yeux de l'Arachnée se tournèrent vers ses tapisseries et se concentrèrent sur les filaments du réseau magique qui couraient au-delà des murs de leur prison.

– Le réseau doit être réparé.

– Oui, je suis d'accord.

– Alors j'ai besoin de ces licornes, insista l'Arachnée.

– Tout ce dont nous avons *besoin*, c'est de la clé des portes.

– Mais ces magiciennes ont volé notre cristal !

– Il y en a encore huit.

L'Arachnée devait s'occuper à tisser le nouveau réseau. De cette façon, elle ne se rendrait pas compte quand la Magicienne des Ténèbres passerait les portes d'Avalon et s'emparerait de toute la magie à elle toute seule.

– Réfléchis ! Grâce au pouvoir d'Avalon, tu pourras tisser le réseau exactement comme tu le veux.

– Oui, oui, je dois tisser. Mais je dois retrouver mon antre.

– Et comment comptes-tu faire ?

La créature caqueta. Une nuée d'araignées qui grouillaient partout sur elle fit frissonner sa silhouette grotesque.

– J'ai un agent au Royaume des Fées déjà en chemin pour retrouver le deuxième cristal de puissance.

– Ah vraiment, dit la sorcière en dissimulant sa surprise. C'est nouveau.

Peut-être que sa vieille amie n'était pas aussi folle qu'elle en avait l'air, après tout.

– Tout ne tourne pas toujours autour de *toi*, cracha l'Arachnée avec une clarté effroyable. Mais ces magiciennes vont tout faire rater.

– Tu n'en sais rien.

La Magicienne des Ténèbres planta ses griffes argentées dans la peau blême de ses paumes. Ces magiciennes avaient détruit ses cristaux géants. Son repère. Tout ce qu'elle avait construit.

– Les magiciennes paieront ! Tu connais la prophétie. L'une d'entre elles passera du côté obscur.

L'Arachnée s'arrêta net.

– Comme à chaque fois.

La Magicienne des Ténèbres sourit, révélant ses dents de vampire luisantes.

– Je suis bien placée pour le savoir.

# Bestiaire et guide des créatures

Rêveur

**LOUP DE BRUME**

Catégorie : bienveillant

Rêveur est un loup de brume orphelin trouvé sur Aldenmor par les magiciennes. Il est à présent lié à Adriane et devient un frère de meute aimant et loyal. Tout en apprenant à devenir un loup guerrier, Rêveur excelle au pistage de magie, autant qu'à parcourir les Chemins des Esprits. Sa fourrure noire lustrée est marquée d'une étoile blanche sur sa poitrine ainsi que de bandes blanches sur ses pattes.

Tweek

**MAGIMENTAIRE EXPÉRIMENTAL**

Catégorie : bienveillant

Conçu par les Magimentaires dans leur laboratoire de recherche magique sur Aldenmor, Tweek est un Magimentaire de la terre avec une différence majeure : il est le tout premier Magimentaire capable de rester sur terre durant de longues périodes. Grâce à sa pierre MaRMag – Manuel de Règlementation des Magimentaires –, Tweek transporte une quantité d'informations précieuses et devient un membre important de l'Équipe Magique.

**CENTAURE**

Catégorie : neutre

Mi-humains, mi-chevaux, les centaures sont une espèce fière, sage et courageuse. Bien que certains soient considérés comme dangereux, nombreux sont les centaures qui ont promis allégeance aux Magimentaires et aux gardiennes d'Avalon dans leur quête pour sauver le réseau magique. Les centaures ont des talents de chasseurs, de soigneurs et de musiciens.

**GOLEM**

Catégorie : malveillant

Un golem est une créature composée d'objets inanimés (pierre, métal, verre, etc.) amenés à la vie par un jeteur de sorts puissant, d'ordinaire un sorcier ou un enchanteur. Le golem est alors contrôlé comme une marionnette, voué à obéir aux ordres de son maître ou de sa maîtresse.

# Les Magiciennes d'Avalon

## Retrouve les aventures de Kara, Emily et Adriane !

# La cité de Cristal

**Retrouve les aventures de Kara, Emily et Adriane !**

Cet ouvrage a été mis en pages
par DV Arts Graphiques à La Rochelle

Impression réalisée par
Grafica Veneta
en août 2021
pour le compte des Éditions Bayard

*Imprimé en Italie*